인생을
바꿔라

강준현 장편소설

FUSION FANTASTIC STORY

인생을 바꿔라 1

강준현 장편소설

초판 1쇄 찍은 날 § 2016년 4월 26일
초판 1쇄 펴낸 날 § 2016년 5월 3일

지은이 § 강준현
펴낸이 § 서경석

편집책임 § 이재림

펴낸곳 § 도서출판 청어람
등록번호 § 제387-1999-000006호
등록일자 § 1999. 5. 31
어람번호 § 제1-2416호

주소 § 경기도 부천시 원미구 부일로 483번길 40 서경B/D 3F (우) 14640
전화 § 032-656-4452 팩스 § 032-656-4453
http://www.chungeoram.com
E-mail § chungeorambook@daum.net

ⓒ 강준현, 2016

ISBN 979-11-04-90784-5 04810
ISBN 979-11-04-90783-8 (세트)

인생을 바꿔라

1

강준현 장편소설

FUSION FANTASTIC STORY

도서출판 청어람

목차

프롤로그

난 내가 누구인지, 아니, 무엇인지에 대해 아주 간혹 의문을 가지곤 해.

도깨비? 정신체? 귀신? 영혼? 유령? 염? 기생체?

딱히 '이거다' 하고 말할 단어는 없지만 군이 정의하자면 간혹 인간의 정신에 침투하여 살아가는데 필요한 에너지를 얻는 '기생 에너지체'라고 할까?

물론 아직도 정확하게 규정을 못 하고 있어.

그렇다고 대단한 존재도 아니고 인간의 삶에 큰 영향을 끼치는 존재도 아니니 두려워하거나 부러워할 필요는 없어.

아마도 나의 존재에 대해서 알게 된다면 대부분의 사람은 그렇게 사는 것이 무슨 의미가 있냐고 말할지도 모르겠어.

하지만 인간도 그냥저냥 의미 없이 살아가지 않나?

그런 이들과 비교해자면—삶의 의미만 찾지 않는다면—꽤 즐거운 삶을 살고 있다고 자부해.

어떤 삶인지 궁금하다고?

별거 없어.

뭐, 궁금하다면 한번 따라와 보든가.

제1장

기생 에너지체, 염

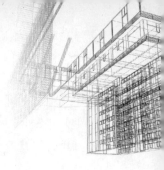

내 이름은 염.

이름이 필요하지 않을까라는 생각에 스스로 만들었지만 지금까지 이름을 불러줄 존재를 만난 적이 없으니 있으나 마나한 것이었다.

그래서일까?

우습게도 귀신같은 존재인 내가 오히려 귀신의 존재를 믿지 않고 있었다.

내가 하는 일은 간단하다. 세상을 떠돌다 빙의할 사람이 생기면 그 몸속으로 들어가 있다가 일정량의 에너지를 얻고 빠져나오는 것.

물론 원하는 사람에게 들어갈 수 있는 것도 아니고, 머물고 싶다고 해서 더 머물 수 있는 것도 아니었다. 오로지 끌림에 이

끌려 들어갔다가 시간이 지나면 자연스럽게 나와야 했다.

아, 이제 타인의 몸에 들어갈 시간이 되었나 보다.

마치 청소기에 먼지가 빨려 들어가듯이 내 몸은 누군가의 정신 세계로 끌려 들어갔다.

"……."

일단 어떤 사람의 몸에 들어가면 그 즉시 그 사람의 기억을 읽어 들이고 몸을 움직일 수 있었다. 물론 튕겨져 나오면 그 사람의 기억의 대부분이 희미해지고, 아주 강력한 기억 몇 가지와 어렴풋이 누구였냐는 정도만 남을 뿐이지만 말이다.

굳이 나에게 '기생'이라는 단어를 쓰는 이유도 이 때문이었다.

"…이름은 유신인가?"

몸을 차지한 남자는 약관이 조금 넘은 나이에 이 시대에서 제법 이름 있는 집안의 자제였는데, 친구들과 술을 먹고 집으로 가는 중에 잠시 잠이 든 상태였다.

기억을 읽어낼 때 모든 기억을 읽지는 않았다.

내게 필요한 기억, 즉 머무는 동안 즐길 수 있을 정도의 기억만 있으면 됐고, 유신이라 불린 남자의 뇌는 딱 그 정도만의 기억을 나에게 전해 주었다.

"훗! 집에 가려고? 어림없지!"

유신은 집으로 가는 중이었다.

하지만 얌전히 집으로 갈 생각은 전혀 없었다.

난 타고 있던 말의 머리를 머릿속에 있는 한 장소로 돌렸다.

"네온사인이 번쩍이는 길도 좋지만 산새 소리와 풀벌레 소리가 가득한 이런 길도 괜찮단 말이야……."

현재 유신이 살고 있는 시대는 신라시대.

지나가는 사람들 중 내 말을 들었다면 네온사인이 뭔지 의문을 표할지도 모르겠다.

다소 이상하게 들리겠지만 난 말, 마차, 자동차, 자가용 비행기, 우주선 등 타보지 않은 것이 없었다. 왜냐하면 나에겐 시간 개념이 없기 때문이었다.

끌림이 있는 곳이 신라시대일 수도, 조선 시대일 수도, 혹은 여유 있는 집이라면 우주선 한두 대씩은 가지고 있는 시대일 수도 있었다.

아! 지금 생각났는데 시간적으로는 제약이 없었지만 공간적으로는 제약이 있었다.

이유는 나도 모른다.

언젠가 들었던 노래를 흥얼거리며 말을 몰아 어느 정도 가자 목적지가 보였다.

가야금 소리와 여자들의 웃음소리가 선선하게 부는 바람을 타고 들려왔다.

"후후! 새로운 시대의 테크닉을 보여주지."

참고로 확연히 구분되는 성별이 있는 것은 아니지만 굳이 따지자면 남성이었다.

거의 남자에게만 빙의가 되는 것은 물론이거니와 객관적으로 봐도 100퍼센트 남성 취향이었다.

물론 내가 이렇게 된 것은 주로 빙의되는 사람이 취한 사람인 경우가 많아서였는데 지금 빙의된 유신만 봐도 그렇다.

친구들과 무예를 수련한 후 한잔 거하게 한 상태라 그에게 빙의할 수 있었던 것이다.

잠시 후에 있을 므흣한(?) 일을 상상하며 말에서 내리려는 찰나였다.

"젠장! 이 인간, 깨어나려 하는군."

정신력이 강한지 유신의 혼이 나를 밀어내려 하고 있었다.

오랫동안 기생을 하며 살다 보니 원하는 만큼 머물 방법은 없었지만 약간이나마 시간을 연장하는 방법은 알고 있었다.

손닿을 곳에 술이 있다면 잔뜩 먹어서 그 정신을 밀어낼 수 있겠지만 지금은 근처에 아무것도 없었다.

"튕겨……."

말을 채 완성하기도 전에 내 정신은 유신의 머리에서 튕겨져 나왔다.

아주 소량의 에너지를 얻고 말이다.

아쉬움에 입맛을 다시며 유신의 주위를 서성여 보았지만 정신을 잃을 기미는 보이지 않았다.

오히려 유신은 자신이 정신을 잃고 있는 동안 말이 기녀의 집으로 왔다고 검을 뽑아 칼의 목을 베어버리는 만행까지 저질렀다.

'캬아! 역시 부잣집 도련님이라 그런지 다르네. 저 비싼 말의 목을 베다니 말이야.'

괜히 심통이 나서 유신의 마음가짐에 대해 트집을 잡아보지만 그렇다고 달라지는 건 없었다.

몸은 떠올랐고 빙의되기 전에 항상 머물고 있는 묘한 공간으로 이동했다.

내가 머물고 있는 곳은 특이한 곳이었다.

한눈에 대한민국이라고 불리는 곳이 보였고, 시간의 흐름이 없다 보니 시시각각 보이는 색깔과 모양이 조금씩 달랐다.

얼마나 시간이 흘렀을까 또다시 당겨지는 느낌을 받았다. 그리고 대한민국의 어느 한 부분으로 쑥하고 빨려 들어갔다.

'쩝! 하필 여자라니……'

아까도 언급했듯이 거의 남자에게 빙의될 뿐, 100퍼센트는 아니었다.

아주 가끔 여자에게 빙의가 되었는데 이럴 땐 몸은 여자지만 마음은 남자인 경우가 많았다. 하지만 반드시 그러라는 법은 없었고, 오늘이 바로 그날이었다.

"하악~ 하악~"

보영의 정신을 차지하자마자 남자의 거친 숨소리가 들렸고 엄청난 무게감에 몸을 짓누르고 있음이 느껴졌다.

위에 있는 남자는 연신 보영의 몸을 더듬으면서 브라에 이어 팬티를 벗기고 있었다.

기분은 몹시 더러웠지만 일단은 보영의 기억을 먼저 더듬었다.

'쯧! 부킹한다고 아무 방이나 끌려가니 이런 꼴을 당하지. 조심성 없이……'

딱히 조선 시대 규수처럼 산 것은 아니었지만 그렇다고 몸을 막 굴리며 산 것도 아니었기에 이대로 내버려 둘 수는 없었다.

무엇보다도 지금 당하는 건 온전히 내가 당하는 것이기에 절대 사양이었다.

빙의가 되려면 대상자가 정신을 완전히 잃어야 했는데, 그런 경우 중 대부분은 술을 마시는 경우였다.

그러다 보니 숱한 경험이 있었다.

그 모든 경험이 기억이 나는 건 아니었지만 지금과 같은 경우도 종종 있을 수밖에 없었다.

아무것도 몰랐을 때는 괜스레 큰소리를 냈다가 정신을 잃을 정도로 맞고—내가 안에 있을 땐 정신을 잃지 않았다—끔찍한 (?) 경험을 했어야 했다.

여성의 힘으로 남자를 이긴다는 것은 참으로 힘든 일이었다.

그 뒤로는 빙의를 했을 때 특별한 능력—가령 힘이 강해진다든가 초능력 같은 것이 생긴다든가—이 생기길 간절히 바랐지만 개뿔, 그딴 건 없었다.

결국 몇 번 겪다 보니 자연스럽게 상황 대처능력이 생겼을 뿐이었다. 아니, 별 쓸모없는 능력도 찾아내긴 했었다.

"…너, 지금 뭐하냐?"

눈을 뜨고 말을 건넨 건 사내가 바지와 팬티를 반쯤 벗고 돌격 앞으로! 하기 직전이었다.

"씨바! 약이 약했… 컥!"

사내는 말을 끝내기도 전에 앞으로 꼬꾸라졌다.

무릎으로 인정사정없이 흉측한 물건을 찼으니 맨 정신으로 버티긴 힘들었으리라.

난 손을 들어 놈의 머리를 옆으로 민 후 일어났다. 그리고 대충 옷을 입은 후 놈의 상태를 살폈다.

남자의 아래는 급소였다. 그곳이 동시에 터진다면 단숨에 사망에 이를 수도 있다.

운이 좋았는지 터지지도 죽지도 않았다.

"…그냥 가자니 이놈의 태도가 석연치 않아."

정상적이고 죄책감을 가진 인간이라면 깨어나서 말을 걸었을 때 놀라거나 당황하는 표정을 지었어야 하는데, 이놈은 오히려 귀찮다는 표정이 역력했었다.

경험을 통해 이런 놈들이 어떤 자들이라는 걸 알았기에 그냥 갈 수가 없었다.

난 놈의 머리에 손을 올렸다.

그리고 옮겨간다는 생각을 간절히 했다.

그러자 내 정신 중 일부가 놈의 머리로 들어가는 듯한 느낌을 받았다.

"네놈의 기억을 읽어볼까?"

경험으로 얻은 것이 바로 이 능력이었다.

기억을 바꿀 수 있는 것도 아니었고, 그저 생각을 읽는 것이 다인 능력.

게다가 일정량의 에너지를 잃게 되는 것이라 별로 하고 싶지 않은 일이기도 했다. 하지만 이상하게 빙의를 하게 되면 빙의한 사람의 생각이 내 생각을 잠식하게 되고, 평소 필요 없다고 생각하는 일들을 하곤 했다.

어쩌면 기생의 한계인지도 모를 일이었다.

"하! 이 새끼는 도대체 왜 사는 놈인지 모르겠군."

악질 중의 악질이었다. 범죄 사실만 일일이 열거하자면 A4용지 수십 장으로도 부족할 정도였다.

특히 여성 관련 범죄가 셀 수도 없이 많았는데, 사진을 찍어 협박을 하는 것은 물론이고 돈을 뜯어내다 마지막엔 외국으로 팔아넘기기까지 했다.

딱히 도덕적이라 보긴 힘든 나로서도 용서할 수 없는 놈이었다.

난 사내가 벗어놓은 옷을 뒤져 마약을 찾아냈다.

그리고 그 마약을 사내에 듬뿍 주사해 줬다.

"경찰에 신고해 봐야 소용없을 테고……."

기억을 읽었을 때 경찰과 꽤 호의적인 관계를 유지하고 있음을 봤기에 신고해 봐야 좋은 꼴 못 볼 것이 분명했다.

그렇기에 완전히 정신을 잃은 놈의 하체를 몇 번이고 밟았다.

피투성이가 되었지만 마약 때문인지 잠시 꿈틀거리기만 했을 뿐 움직이지 않았다.

딱 여기까지였다.

사내가 어찌되었건 더 이상 신경 쓸 가치도 없었다.

혹시 증거가 될 만한 것들을 챙기고 밖으로 나와 택시를 잡아탔다. 보영을 집에까지 데려다준 후 그녀에게서 튕겨져 나온 것은 새벽이 다 되어서였다.

*　　　　*　　　　*

나의 하루는 시간적인 개념이 없어서인지 딱히 구분하기가 애매하다. 그저 빙의를 해서 에너지를 다 채우고 잠시 쉬는 것이 하루라고 볼 수가 있었다.

"으~ 추워."

한겨울에 술에 취해 땅바닥에 누워 자고 있던 성욱의 몸은 차가워질 때로 차가워져 있었다.

손을 비비고 발을 동동 구르며 몸을 푼 후 호주머니를 뒤져 보았다.

"젠장! 적당히 좀 먹지."

아리랑치기를 당했는지 무일푼이었다.

아마 빙의를 하면서 가장 많이 한 일이 술 먹고 길거리에 쓰러진 사람을 집까지 데려다 준 일일 것이다.

시대를 불문하고 흔한 일이었고 하루의 에너지를 이들을 귀가시켜 주는 것으로 채운 적도 부지기수였다.

"택시!"

일단 지나가는 택시를 잡았다.

"기사님, 아리랑치기를 당해 한 푼도 없는데 집에 가서 드려도 되겠습니까? 넉넉히 드리겠습니다."

"어쩌다가… 타십쇼."

"감사합니다."

"어디로 모실까요?"

"음, 그러니까……."

택시를 타자 훈훈한 히트의 열기가 느껴졌고 그제야 살 것같아 빙의한 중년 남자의 기억을 읽었다.

"…화곡동 XX번지로 가주세요."

중년 남자, 성욱의 기억 속 집은 비닐하우스였다. 게다가 워낙 가난해 집에 도착한다고 해서 딱히 택시비가 있을 것 같지는 않았다.

"…댁이 어디십니까?"

1990년도의 화곡동은 밭과 비닐하우스에 즐비한 곳이었는데, 성욱이 사는 곳은 특히나 가로등도 없어 오싹한 느낌마저 들었다.

"저기 비닐하우스입니다. 잠깐만 기다려줄래요?"

택시 기사에게 양해를 구한 난 눈이 쌓여 제법 미끄러운 흙길을 걸어 비닐하우스 앞에 도착했다.

기억대로라면 습기가 차 물방울이 방울방울 맺힌 비닐하우스 안에는 성욱의 처와 두 아이가 잠들어 있을 것이다.

평소의 성욱이라면 그런 것을 딱히 신경 쓰지 않고 문을 열었겠지만 지금은 조금 달랐기에 조심스럽게 문을 열었다.

"우웅~ 당신 왔어요?"

바람만 불지 않을 뿐이지, 바깥 공기와 다를 바 없는 실내에서 이불을 뒤집어쓰고 있던 성욱의 처가 인기척에 일어났다.

"응. 한데… 돈 좀 있어? 택시를 타고 왔는데 돈이 있어야지 말이야."

"내일 애들 육성회비 낼 돈이 있긴 한데……. 드릴 테니 일단 택시비부터 내요."

어두웠지만 아내의 얼굴에 드리워진 어둠을 못 볼 정도는 아니었다.

'젠장! 얼어 죽을 사람을 데려왔는데 내가 왜 미안해해야 하

는 건지… 돈이라도 있다면 좀 주고 싶군.'

돈이 필요하다고 생각하자 문득 언젠가 고문을 당해 죽은 사람이 생각났다.

고문으로 기절한 이에게 빙의되었다가 말할 틈도 없이 끔찍한 고통을 겪다가 튕겨져 나왔던 기억이라 잊지 않고 있었다.

비자금을 관리하던 이가 권력자가 맡긴 엄청난 금액의 돈을 빼돌렸다가 화를 당한 것이었는데 돈을 숨긴 곳이 어렴풋이 기억이 났다.

'그때가 89년도였지.'

내가 생각해도 워낙 은밀한 곳이었으니 아마 찾지 못했을 것이다.

"다 줘봐. 애들 학교가기 전에 올게."

"…애들이 육성회비 때문에 담임선생님한테 많이 혼났나 봐요. 그러니……."

"걱정 마. 무슨 일이 있어도 돈 가지고 올 테니까."

일단 생각을 했으면 빠르게 움직이는 게 답이었다. 이러다 성욱이 깨기라도 한다면 말짱 헛일이었다.

비닐하우스를 나가려는데 마침 반쯤 남은 소주가 보였기에 단숨에 들이켠 후 택시가 있는 곳으로 갔다.

"오래 기다리셨죠?"

"…아닙니다."

"택시비 가져왔으니 이대로 미아리로 가주시죠."

"저야 좋지만……."

머뭇거리던 택시기사는 꼬깃꼬깃한 지폐를 보여주자 그제야 차를 출발시켰다.

미아리 텍사스촌이라고 불리는 집창촌 근처에 내려달라고 하자 택시기사는 묘한 웃음을 지으며 즐거운 시간을 보내라고 말한 후 떠났다.

"그러고 싶지만 돈도, 시간도 없네요. 쩝!"

나라고 노는(?) 걸 싫어할 리가 없었다. 하지만 지금은 아이들의 육성회비가 우선이었다.

기억을 더듬어 집창촌 반대편으로 걸어 10분쯤 헤매자 어디서 본 듯한 7층 건물이 보였다.

죽은 비자금 담당자가 차명으로 구입한 건물로 입구는 철문으로 닫혀 있었고, 건물 옆 경비실에 나이 지긋한 경비원이 꾸벅꾸벅 졸고 있었다.

톡톡톡톡!

경비실의 창문을 두드렸다.

"…으흠! 무슨 일이오?"

"양 사장님 심부름으로 왔습니다."

"아, 네에~ 무엇을 도와드려야 할지……."

"7층에 잠깐 들렀다 오면 됩니다."

"7층으로 올라가는 열쇠는 저에게 없습니다만."

"심부름을 왔으니 당연히 제가 가지고 있죠."

"허허허. 그러시겠죠. 문 열어드리겠습니다."

경비원이 별다른 의심 문을 열어줬고, 난 건물로 들어가 엘리베이터에 올랐다.

'6층, 7층 버튼을 번갈아 가면서 세 번 누르다가 1번과 함께

동시에…….'

우우우우~ 털컹!

엘리베이터는 6층에서 7층으로 올라가다가 중간에서 멈추며 문이 열렸다. 그리고 허리를 굽혀야만 들어갈 수 있는 작은 복도가 나타났다.

허리를 굽힌 채 안으로 들어가 좌측으로 꺾자 작은 문에 다이얼식 잠금장치가 달린 방이 몇 개 나타났다.

난 딱히 고민 없이 가장 좌측에 있는 문의 비밀번호를 눌렀고 문이 열렸다.

대여섯 평쯤 되어 보이는 방 안에는 만 원권 지폐가 수북이 쌓여 있었다.

인간들이 본다면 눈이 커질 만큼 많은 돈이었지만 나에게 딱히 감흥이 없는 물건이었다.

지금까지는 말이다.

"혹시 모르니 잊지 않도록 하자."

오늘과 같은 일이 몇 번이나 있을까마는 어찌 될지 모르는 것이 인간, 아니, 정신체의 삶 아니겠는가.

다섯 다발을 대충 여기저기에 챙겨 넣고 재빨리 비밀의 장소에서 나왔다.

"일은 끝나셨소?"

"네, 덕분에 잘 끝마쳤습니다. 이건 담뱃값이라도 하십시오."

"아니, 뭐 이런 걸 다……."

경비원에게 몇만 원을 집어주며 말을 이었다.

"어쩌면 간혹 양 사장님이 사람을 보낼지도 모르겠습니다. 수

고스럽겠지만 그때도 잘 부탁드리겠습니다."

"나야 그저 고용된 사람일 뿐인데……."

"하하하! 고용인끼리 좋게 지내자는 거죠. 그럼 이만 가보겠습니다."

언젠가 필요할 때를 위한 작은 투자였다.

성욱의 집인 화곡동 비닐하우스에 도착한 것은 해가 어렴풋이 떠오를 무렵이었다.

"이게… 웬 돈이에요?"

"아무 문제없는 돈이니까 필요한 데 써. 당신 옷이랑 애들 옷이랑 사고, 연탄도 넉넉히 들여놓고. 먹고 싶은 거 먹고."

"그럴게요."

"그리고 혹시 내가 돈 달라고 하면 절대 돈 없다고 해. 아니면 평소처럼 1, 2만 원만 주든가 하고."

"네?"

"이상하게 들릴지 모르지만 자고 일어나면 아마 그 돈을 준 거 절대 기억을 못 할 거야. 그러니 절대로 그 돈에 대해서는 당신만 알라고."

"무슨 말인지 도통……."

하긴 납득을 하는 것이 오히려 이상한 일일 것이다.

난 다시 한 번 얘기했다. 약간 밀리는 느낌이 나는 것이 곧 튕겨져 나갈 것 같았기에 길게 설명하고 있을 순 없었다.

"당신한테 준 걸 내가 기억하고 있으면 그 돈을 다시 뺏어갈 게 분명해서 아예 잊어버리려고 하는 거야. 그러니까 그 돈은 당신과 애들을 위해 써. 무슨 말인지 이해하겠어?"

"당신이 달라고 하면요?"

"그런 일 없을 거야. 방금 말했잖아 잊어버린다고."

"휴우~ 뭔지 잘 모르겠지만 그렇게 알고 있을게요. 어쨌든 아이들을 위해 잘 쓸게요."

"좋아, 이제부터 잘 테니까 일어나면 그 순간부터 모른 척하는 거야."

딱히 이해한 듯한 표정은 아니었지만 더 이상 얘기를 하고 있을 순 없었다.

옷을 대충 벗고 자리에 누웠다. 차가움에 절로 몸이 떨려왔지만 억지로 눈을 감았다. 한데 갑자기 떠오르는 것이 있어 다시 몸을 일으켜 아내에게 말했다.

"아! 내가 깨어나서 언제 들어왔냐고 물으면 새벽에 들어와서 잘 모르겠다고 말해."

"…네, 네."

아내는 더 이상 이해하기를 포기했는지 고개를 절레절레 흔들며 대답했다.

그런 그녀의 모습에 쓴 웃음을 짓고는 다시 누워 눈을 감았다.

그리고 그와 동시에 난 성욱의 정신에서 빠져나왔다.

'휴~ 간발의 차이였군. 다음부터 이런 일은 자제해야겠어.'

기생을 하다 보면 이런 날도 저런 날도 있지만 오늘은 꽤 유난스러운 날이었다.

*　　　　　*　　　　　*

"우리, 여기까지만 하자."

유리의 입에서 결국 헤어지자는 말이 나왔다.

김철은 아무 말도 할 수가 없었다. 아니, 지금까지 자신의 곁에 있어준 것만 해도 너무 고마웠다.

그는 하반신불구로 지금까지, 아니, 앞으로도 그녀에게 해줄수 있는 것이 없었다.

지난 3년 동안—고등학교 때까지 친다면 8년 동안— 아무 일없이 지내왔다고 해서 앞으로도 그럴 것이라 생각하는 건 오산일 것이다. 어쩌면 서로에 대한 감정이 더 깊어지기 전에 헤어지는 것이 두 사람을 위해 더 나을지도 몰랐다.

하지만 모든 것을 이해하면서도 하늘이 무너질 것 같은 느낌이 드는 건 머리로는 당연하다고 생각하지만 마음으로는 이해하지 못했기 때문일 것이다.

'말을 해. 그동안 고마웠다고… 행복하라고……'

"그동안 고마웠어."

'아니, 내가 더 고마웠어, 유리야……. 빌어먹을! 입까지 장애가 된 거냐!'

스스로를 다그쳐 봐도 떨어져 내린 고개를 들 수가 없었고입은 열리지 않았다.

왜냐하면 입을 여는 순간 눈물이 와락 쏟아질 것 같았기 때문이었다.

"휴우~ 이유를 묻지 않아줘서 고마워. 이만 가볼게. 잘 지내고 꼭 건강을 되찾길 바랄게."

잠시 김철을 복잡한 표정으로 바라보던 신유리는 자리에서 일어났다.

'작별 인사를 해. 쿨하게 그녀를 보내줘!'

다그침 때문이었을까 김철의 입이 열렸다. 한데 생각과는 전혀 다른 말이었다.

"종… 수 때문이니?"

나가려던 신유리의 발걸음이 멈췄다. 그리고 서서히 돌아서서 약간은 슬픈 표정으로 대답했다.

"…응."

"그, 그렇구나……."

민종수.

친구라고 부르고 있지만 사실은 악연 중의 악연으로 고등학교 때 자신의 하반신을 뺏어간 것도 부족해 이젠 사랑하는 연인마저 뺏어가려고 있었다.

"…조심해, 좋은 녀석이 아니야."

뱉고 나서 '아차!' 싶었다. 하지만 뱉은 말을 주워 담을 수 있는 방법은 없었다.

아니나 다를까, 지금까지 안쓰럽게 그를 바라보고 있던 유리의 표정이 굳었다.

"정신까지 병들지 마."

3년 동안의 연인 관계를 끊겠다는 듯 독한 말이 유리의 입에서 나왔다. 그리고 그녀는 차갑게 돌아섰다.

"…고맙다고 하고 싶었는데."

김철은 이미 사라진 그녀를 향해 중얼거렸다. 그리고 그의 눈에서 참았던 눈물이 주룩 흘러내렸다.

한참을 멍하니 앉아 그녀가 떠난 곳을 바라보던 김철은 서울시에서 운행하는 장애인 택시를 불러 집으로 향했다.

"흐흑!"

집에 도착하자 억눌려 있던 슬픔을 터뜨렸다. 가만히 있다간 정말이지 미쳐버릴 것 같아서였다.

고등학교 때 사고로 하반신이 마비가 되었을 때도, 아버지가 돌아가셨을 때도 살아갈 힘을 준 것은 옆에 있었던 유리였다.

고등학교 2학년 때 교회에서 만난 유리는 친구였고 연인이었고 어린 시절 돌아가신 어머니였다.

눈물이 흐른 만큼 슬픔을 씻어준다면 어떤 슬픔도 남지 않을 만큼 김철은 울었다. 그러나 결코 눈물이 슬픔을 씻어주진 못했다.

"의미 없는 세상……."

김철은 모든 것을 포기한 눈빛이 되어 전동 휠체어를 움직였다.

그리고 책상 서랍에서 수면제를 꺼냈다.

3년 동안 자살 생각을 한 적이 없으니 3년이 넘은 수면제였지만 자기 위해 먹는 약이 아니었으니 상관이 없었다.

물까지 준비한 김철은 잠시 거실에 걸린 부모님의 사진을 바라보았다.

"…죄송해요, 아빠, 엄마."

두 사람 중 한 명만 옆에 있었다면 이렇게 극단적인 선택을 하지 않았을 것이 생각이 들었지만 부질없는 생각일 뿐이었다.

왼손에 들고 있던 수면제 통을 잠시 바라보던 김철은 통을 그대로 입으로 가져가 약을 적당히 털어 넣고 물을 마셨다.

그렇게 몇 번 반복하고 나니 어느새 빈 통.

혹시 살아날까 두려워 다른 한 통마저 비우고서야 그의 행동이 멈췄다.

물통과 빈 통을 거실 테이블 위에 올려놓은 김철은 스마트폰을 꺼내 유리의 사진을 봤다.

"한 번쯤 안아주고 싶었는데… 미안. 부디 행복하길 바랄게."

미워할 수 없는 여자였다.

"…졸려. 다음 생이 있다면 그땐 행복하게 해줄게."

김철은 손가락으로 유리의 얼굴을 쓰다듬듯 만지다가 눈을 감았다.

영원할 꿈속에서 신유리와 만나고 있는지 김철의 얼굴엔 편안한 미소가 감돌고 있었다.

제2장

갇히다

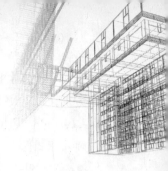

　살아 있는 생명체라면 분명 생존의 이유를 가지고 있을 것이다.

　어떤 이들은 자손 번창이라고, 어떤 이들은 자아실현이라고, 혹은 종교인들은 신에게 가까이 가기 위해서라고 말할지도 모른다. 하지만 무엇이 정답인지는 사람마다 분명 다를 것이다.

　그런 면에서 보자면 나 역시 살아 있는—육체는 없지만—존재라고 생각한다.

　허면 나의 생존 이유는 무엇일까?

　그저 남에게 빙의하여 하루하루의 에너지를 채우면서 사는 건 분명 아닐 것이다.

　'너무 오래됐나? 이제 기억이 안 나.'

　빙의가 되기를 기다리면서 빈둥거리던 나는 문득 존재의 이유에 대해서 생각해 보다가 중얼거렸다.

분명 알고 있었던 것 같은데 지금은 가물가물한 정도가 아니라 '그런 것이 있었다.' 라는 정도밖에 기억나지 않았다.

'에이, 몰라!'

정신체로 있을 땐 생각하는 것조차 귀찮았다. 뇌가 없어 생각하는 능력이 부족한 것일지도.

물론 생각이 깊지 않다는 것이 나쁜 것만은 아니었다. 깊었다면 지독히 반복적이고 특별할 것이 없는 삶을 이미 오래전에 포기했을지도 몰랐다.

'그나저나 뭐 재미난 일은 없을라나?'

술 취한 사람 집에 데려다주는 것도 지겨웠고, 그들의 몸을 빌려 욕망을 해소하는 것도 너무 반복되니 이젠 딱히 재미도 없었다.

그러나 뭔가 자극적인 일을 기대하기엔 빙의되는 시간이 너무 짧았다.

이런저런 생각들을 하고 있는데 끌림이 느껴졌다.

'자, 그럼 가볼까?'

별 기대감 없이 끌림에 몸을 맡겼고 난 누군가의 머릿속으로 들어갔다.

'빌어먹을, 처음부터……!'

빙의 상대의 머리를 차지하고 몸에 대해 느끼자마자 현 상황을 이해했다. 왜냐하면 들어오자마자 튕겨나갈 것 같은 느낌이 들었고, 온몸이 당장에라도 녹아내릴 듯 힘이 없었기 때문이었다.

경험이 있는 증상.

눈을 뜨는 것조차 버거운 상태에서 사력을 다해 팔을 들어 입으로 가져갔고 손가락을 목구멍 깊숙이 찔러 넣었다.

"우-우-우웨에엑! 우웩!"

몽롱한 정신 상태에서도 채 녹지 않은 알약이 바닥에 떨어졌다. '후두둑' 소리가 들릴 정도로 많이도 처먹었다.

구토를 한 번하고 나자 약간의 기운이 돌아왔다. 눈을 뜨고 주변을 살폈다. 물이 보였다. 당장 마실 생각으로 손을 뻗었다.

한데 몸이 생각처럼 움직이지 않았다.

이상함을 느끼고 나서야 휠체어가 눈에 보였다. 아무리 급해도 기억부터 읽어야 한다는 생각을 했고, 그 순간 사내의 기억이 들어왔다.

'골고루 한다, 정말······.'

왜 자살을 하려 했는지, 그의 몸 상태가 어떤지, 등 지금 필요한 몇 가지 사실만을 확인하고 손을 길게 뻗어 물통을 잡았다.

벌컥벌컥!

목구멍을 열고 들이부었다.

그리고 구토. 다시 들이붓고 구토.

냉장고에 있는 물까지 마셔가며 노란 위액이 나올 때까지 반복했다.

"하아~ 산 건가?"

늘어질 대로 늘어진 몸을 무리해서 움직이다 보니 손가락 하나 움직일 힘도 남아 있지 않았다. 그러나 다행히 빠른 조치 덕분에 튕겨 나갈 것 같은 느낌은 사라지고 몸도 안정을 찾고 있었다.

119에 신고를 할까도 싶었지만 이정도면 살 수 있겠다는 생각에 휠체어에 기대어 긴 한숨을 쉬었다.

"어후! 냄새."

여유를 찾게 되니 옷, 휠체어, 거실 및 부엌 바닥에 있는 구토의 흔적들에서 냄새가 스멀스멀 올라왔다.

몸이 멀쩡했다면 샤워와 청소라도 했겠지만 대상의 몸이 불편하니 빙의가 빨리 풀리기만 바랄 뿐이었다.

"그나저나 이 인간 살려봐야 또 자살할 것 같은데 괜한 짓을 한 것 같군, 쩝!"

김철의 기억을 마저 읽어보니 괜한 짓을 한 것 같았다. 그의 기억엔 살아야 할 이유가 없었다.

"복에 겨웠어. 나 같은 기생 정신체도 이렇게 꿋꿋하게 살아가고 있는데 말이야."

물론 김철의 선택에 대해 왈가왈부할 생각은 없었다. 누구나 자신의 고통이 가장 큰 법이었고 나로서는 그저 에너지만 조금 얻어서 떠나면 그뿐이었다.

"…어? 이거 왜 이러지?"

이상함을 느끼게 된 건 냄새 때문에 옷을 갈아입을 때였다.

휠체어에서 옷을 벗고 침대에 올라가 힘겹게 바지를 입고 있는데 나른하게 잠이 몰려왔다. 그리고 시간이 지날수록 그 정도는 심해졌다.

"잠이 오다니……."

잠, 졸음, 불면증, 등 잠과 관련된 단어들은 알고 있었지만 실제로 그것이 어떤 느낌인지 알 수가 없었다. 왜냐하면 존재한 이후로 잠을 잔적이 없었기 단 한 번도 없었기 때문이었다.

한데 지금 이 순간 잠이 온다는 느낌을 확실히 알 수 있게 되었다.

"도대체 뭐가… 하아아함~ 잘못된… 거지? 아하함~"

생각할 틈도 없이 잠이 쏟아졌고, 반쯤 바지를 입다가 그대로 잠이 들었다.

꿈을 꿨다.

잠을 자본 적이 없으니 꿈을 꾼 적 또한 없었는데 그냥 꿈이라는 걸 알 수 있었다.

인간이 되어 보통의 사람들처럼 살아가는 꿈. 일반 사람들이 보기엔 평범한 꿈이었겠지만 나에겐 조금은 특별한 꿈이었다.

아내―얼굴이 보이지 않지만―의 배웅을 받으며 출근을 하고, 동료들과 웃으며 회사 생활을 하고, 퇴근을 해서는 아이들과 놀고.

깨고 싶지 않았다.

하지만 지독한 허기에 절로 눈이 떠졌고 잠에서 깨어났다.

"뭐, 뭐야! 아직도 빙의에서 못 벗어났단 말이야?"

정확히 몇 월 며칠, 몇 시, 몇 분에 들어왔는지는 몰랐지만 시간이 꽤 흐른 것은 알 수 있었다.

난 침대 한쪽에 던져놨던 스마트폰을 집어 들어 시간을 확인했다.

"7월 17일, 11시?!"

김철이 유리라는 여자와 헤어진 후 바로 집으로 와 약을 먹은 시간은 대략 2010년 7월 15일 오후 4시경.

이틀이 훌쩍 지난 후였다.

뭔가가 잘못됐다.

지금까지 단 한 번도 이토록 길게 사람의 몸에 머문 적이 없었다. 길어 봐야 반나절이 최고였고, 아무리 더 머물고자 해도 튕겨져 나갔었다.

"…으~ 배고파. 일단 뭐 좀 먹고 생각하자."

바지를 마저 입고 휠체어로 옮겨 탄 나는 거실로 나갔다.

"큭!"

구토한 것이 말라있었고, 냄새와 함께 각종 벌레들이 윙윙거리며 날아다녔다.

모든 걸 무시하고 일단 냉장고에 붙어 있는 스티커를 보고 음식을 주문했다. 그리고 창문을 열어 환기를 시켜두고 배달이 오기를 기다렸다.

"음식 주문하셨죠?"

아직 점심시간 전이라 그런지 금세 도착했다.

"네, 죄송한데 테이블 위에 놓아주시겠어요? 돈은 거기 놔뒀어요."

김철은 그의 아버지가 남겨둔 재산이 있었기에 먹고살 만큼은 돈이 있었다.

그리고 몸이 불편해서인지 손닿는 곳 여기저기에 현금을 보관하고 있었기에 음식 값을 지불하는 것엔 문제가 없었다.

허겁지겁 허기를 채웠다.

넉넉히 3인분을 시켰는데 절반 쯤 먹고 나자 배가 불러 더 이상 들어가지 않았다.

밥을 먹고 스마트폰을 이용해 청소업체를 검색해 당장 청소를 부탁했다.

—현재 일이 있어 2시쯤 될 것 같은데요.

"그럼, 그때 오세요."

기억속의 김철이라면 돈이 아까워 혼자 끙끙대며 청소를 했겠지만 난 달랐다.

덥기도 더웠지만 지금은 생각을 정리할 때였다.

엉망이고 냄새나는 집에서 나와 놀이터 근처 나무 그늘에 전동 휠체어를 세웠다. 그리고 현 상황에 대해 머릿속으로 생각해 보았다.

사실 처음 겪는 일이었기에 딱히 뾰족한 수가 있는 것은 아니었다. 다만 한 가지 확실한 것은 내가 김철의 몸에 갇히게 되었다는 것이었다.

"나로서는 손해 볼 것이 없는 상황인가?"

처음엔 빙의가 풀리지 않는다는 것에 다소 놀라긴 했지만 여유를 가지고 생각해 보니 나에게는 오히려 기회였다.

"이대로 한 달만 지속되었으면 좋겠다."

기생체로 살아오던 나에게 이만큼 자극적인 일이 어디 있겠는가.

"으흐흠~ 으흥~"

난 콧노래를 흥얼거리며 현 상황을 즐기기 시작했다.

"철이 총각, 휴가 갔다 오나 봐?"

차에서 내리자 같은 동 위층에 사는 아주머니가 지나가다가 반갑게 인사했다.

간혹 반찬도 갖다 주고 밖에 내놓은 재활용 쓰레기를 치워도 주는 마음씨 좋은 분이었다.

"네, 동해안 일대를 한 바퀴 돌고 왔어요."

"즐거웠겠네?"

"하하하! 바가지 왕창 쓰고 고생만 죽도록 했어요. 참! 이거 드세요."

휠체어 옆에 걸려 있던 봉지에서 오징어 한 축을 꺼내 건넸다.

"뭘 이런 걸 다……. 그냥 총각이 심심할 때 먹어."

"별것도 아닌데요. 아주머니 생각나서 사온 거니까 맛있게 드세요."

"호호! 고마워, 잘 먹을게. 그나저나 요즘 많이 밝아진 것 같아 보기 좋아."

"그런가요? 하하하!"

김철의 몸에 머물게 된지 한 달.

왜 빙의에서 풀려나지 않는지에 대한 의문은 여전했지만 김철로 살아가는 것에 대해 꽤 만족하고 있었다.

나다니기 불편한 몸이었지만 개의치 않고 여기저기 구경하러

다녔는데, 지금도 한 달 전에 주문한 장애인용 자동차가 며칠 전에 도착해 시승식 삼아 동해에 다녀온 길이었다.

이렇게 평소의 김철이라면 전혀 하지 않았을 행동을 하다 보니 남들이 볼 땐 예전의 그와 많이 달라져 보일 것이 분명 했다.

"근데, 요즘 예쁜 애인이 안 보이는 거 같은데 어디 갔어?"

"헤어졌어요."

"아! 그, 그래? 내 정신 좀 봐. 마트에 국수 사러 가는 중이었는데… 그럼 나중에 봐."

아주머니는 괜한 걸 물어 미안하다는 표정으로 도망가듯이 마트로 갔다.

"쩝! 본인들이 잘못한 것도 아니면서."

여행을 하다가 만난 사람들도 애인과 헤어졌다고 하면 아주머니와 비슷한 반응을 보였었다.

빙의와 동시에 대상의 기억에 영향을 받아 성격이나 생각이 비슷해지지만 그렇다고 감정적인 부분까지 영향을 받지는 않았다.

즉, 신유리와 헤어진 것은 나에겐 기억일 뿐, 감정적으로 어떠한 영향도 미치지 못했다.

게다가 김철과 성격과 생각이 비슷해지는 것도 의식적으로 꺼려하고 있었다. 왜냐하면 내가 보기에 그는 멍청할 정도로 착했다.

물론 착하다는 것이 나쁜 건 아니었다. 그 나름대로 장점이 있었고 김철이 살아가는데 많은 도움이 되기도 했다.

그러나 하반신불구가 되고도 관련자들을 용서하고, 헤어지자고 하는 애인에게 욕을 퍼붓지는 못할망정 그동안 고마웠다고 생각하는 것에 대해선 이해할 수가 없었다.

내 성격은 받은 만큼 돌려줘야 했다. 그것이 은혜든 원한이든 말이다.

짐을 챙겨 엘리베이터를 타고 집으로 올라갔다.

당연히 아무도 없을 것이 생각하고 문을 열었는데 욕실에서 나오는 벌거벗은 장년인과 눈이 마주쳤다.

"…큰아버지?"

김철에게 남은 유일한 핏줄로 경기도 용인 정수산 인근에서 조상의 위패를 모시고 자연인처럼 홀로 살아가는 사람이었다.

"잘 지냈니?"

"네, 큰아버지도 잘 지내셨죠?"

"나야 누구보다 잘 지내고 있지. 한데 지나가는 사람이 보는데 문 좀 닫지 그러냐?"

"…네."

김철의 기억 속 큰아버지 김장성은 꽤 괴짜였다.

서울 명문대를 수석 입학한 알아주는 수재였으나 4학년 때 할머니께서 돌아가시자 공부보다는 건강이 제일이라며 산으로 들어가 도를 닦은 인물이었다.

김철이 그를 가장 최근에 본 것은 아버지 김유성의 장례식장에서였다.

"언제 오셨어요?"

"이틀 전에. 집 비밀번호는 여전하더구나. 참! 어제 사회복지

사분이 다녀갔다."

정확하게는 사회복지사가 아닌 구청에서 지원하는 도우미 분이었지만 중요한 것이 아니었기에 굳이 정정하지 않았다.

"그분이 제 전화번호 아는데 연락하시지 그랬어요?"

"급할 것도 없는데 무엇 하러. 그래, 잘 놀다가 왔니?"

"네, 한데 어쩐 일이세요?"

어느 정도 예의는 차렸다고 생각한 난 그가 찾아온 이유를 물었다.

"이상한 꿈을 꿔서 왔는데……. 기우였나 보다."

큰아버지는 나를 똑바로 쳐다보며 말했고 난 묘한 느낌에 되물었다.

"이상한 꿈이라고요? 혹시 제가 죽는 꿈이라도 꾸셨어요?"

"비슷해. 조상님 중 한 분이 나타나 대가 끊겼다고 날 혼내셨거든."

사람들의 기억을 읽다 보면 과학적으로 설명하지 못할 일들은 겪은 사람들이 의외로 많다는 것을 알게 되었다.

누군가가 죽었다는 것을 알 수 있거나—죽은 자가 찾아와 작별 인사를 한다든가—혹은 미래에 일어날 일에 대해 꿈을 꾼다든지 하는 것들 말이다.

"언제 꾸셨는데요?"

"한 달 정도 전에."

놀랄 정도로 정확한 꿈이었지만 그렇다고 동요할 이유는 없었다.

"아버지가 돌아가실 때 꾸셨어야 하는 꿈 같은 데요."

"무슨 말이냐?"

난 대답 대신 움직이지 못하는 하체를 가리켰고, 큰아버지는 씁쓸한 표정을 지으며 말했다.

"…나을 가능성은 없다더냐?"

"아마도요. 대가 안 끊기려면 큰아버지께서 노력(?)하셔야 할 거예요."

큰아버지는 더 이상 할 말이 없다는 듯 입을 닫았고 난 휠체어에 걸어뒀던 짐을 정리했다.

*   *   *

큰아버지는 내가(?) 무사하다는 걸 알자 그날로 용인으로 내려갔고 난 다시 김철로 생활하기 시작했다.

아침 6시.

알람을 듣고 일어난 난 가장 먼저 휠체어를 타고 화장실로 향했다. 그리고 좌변기에 앉아 속에 있는 것이 완전히 내려올 때까지 기다렸다.

배에는 힘을 줄 수 있지만 하체에는 느낌이 없기 때문에 꼭 눈으로 직접 확인을 해야 했다.

배변이 끝나면 앉은 자세 그대로 샤워기를 틀어 씻은 다음에 병원에서 움직이지 못하는 환자들을 위해 사용하는 소변기를 설치했다.

그 위에 성인용 기저귀를 차고 난 뒤에야 욕실에서 나왔다.

남들은 10분도 걸리지 않을 외출 준비를 한 시간을 넘게 준비해야 했고, 힘은 몇 배나 넘게 들었지만 조금만 먼저 일어나면 되는 일이었기에 딱히 불만이 없었다.

물론 그렇다고 건강한 몸이 부럽지 않은 것은 아니었다.

"하반신 마비만 없다면 정말 완벽에 가까운 인간인데 말이야."

휠체어에 탄 채 전신 거울을 보고 있는 김철의 외모는 어느 누구에게도 빠지지 않았다.

짙은 눈썹에 서글서글한 눈매, 작은 두상에 오뚝하게 솟은 코는 외국의 유명 배우를 생각나게 할 정도였다. 게다가 가계의 영향 때문인지 머리까지 좋았는데, 3학년 때—현재는 대한대학교 법학과 4학년이다—사법시험에 합격해 사법연수원 입소를 기다리고 있었다.

"김철의 몸에 갇히게 된 이유를 알게 된다면 다음엔 더 좋은 몸을 차지할 수 있겠지."

갇히게 된 이유는 몰랐지만 벗어나는 방법은 짐작되는 것이 있었다. 바로 죽음을 선택하는 것이었는데 이유를 알게 되기 전까진 결코 실행할 생각이 없었다.

집을 나와 주차장으로 간 난 리모컨으로 시동을 걸고 차의 트렁크를 열었다.

장애인용으로 만든 특수한 자동차로 트렁크가 열리면서 경사로가 내려왔고 그 경사로로 차에 올라 운전석으로 이동했다. 그리고 휠체어를 바닥에 고정을 한 다음 모든 문을 닫고 나서야 출발할 준비를 마쳤다.

"그럼 가볼까."

이제는 익숙해진 손으로 작동시키는 액셀을 누르자 자동차는 거친 엔진음을 토해내며 목적지를 향해 달리기 시작했다.

"생각보다 일찍 왔네."

김철이 등하교하던 기억을 떠올려 일찍 서둘렀는데 1시간이나 일찍 도착을 해버렸다.

차가 없을 때 김철은 넓디넓은 캠퍼스를 느려터진 휠체어를 타고 다녀야 했다.

물론 캠퍼스를 다니는 버스가 있었다.

하지만 장애인용 버스가 아니었고 타고 내리는 걸 다른 사람들에게 의존해야 했다. 혹 타더라도 승하차 시간이 오래 걸리다 보니 승객들의 눈치를 봐야 했기에 처음 한두 번 이용하고 해본 적이 없었다.

"편하게 살 것이지."

비가 오나 눈이 오나 힘겹게 휠체어를 타고 다니던 기억을 떠올리던 난 씁쓸하게 중얼거리며 열기 버튼을 눌렀다.

김철은 신유리와의 미래를 꿈꾸며 돈을 아끼려고만 했지만 난 그럴 생각은 추호도 없었다.

법과대학 안은 아직 이른 시간이라 다니는 사람들이 많지 않았다.

난 커피를 마시며 휠체어를 움직여 익숙하면서도 낯선 그곳을 찬찬히 구경했다. 그때 누군가가 다가오며 밝게 인사를 했다.

"철이 형! 방학은 잘 보내셨어요?"

김철만큼은 아니더라도 꽤 멋쟁이인 남자의 얼굴을 보자 이름과 기본적인 것들이 떠올랐다.

"아, 용수구나. 너도 방학 잘 지냈냐?"

"공부하느라 죽을 맛이었죠. 절에서 그제까지 보내다가 어제 겨우 집에 왔다니까요."

조용수는 김철의 기억에 세 손가락 안에 꼽히는 괜찮은 후배로 분류되고 있었다.

"커피 한 잔 할래?"

"뽑아주신다면 먹어야죠. 하하하!"

조용수와 난 커피 자판기가 있는 곳으로 향했다.

"작년까지만 해도 형이 사법시험에 합격하는 걸 보고 저도 가능할 거라고 생각했거든요. 한데 완전 착각이었죠. 설마 1차에서 떨어질 줄이야… 어쨌든 내년엔 정말 돼야 하는데……"

"로스쿨도 있잖아?"

"저도 그렇게 생각하는데 부모님 생각은 안 그런가 봐요. 연수원 출신과 로스쿨 출신은 다르다고 절대로 사법시험에서 합격하래요."

"부모님들이 다 법조계에 계신다고 그랬었나?"

"부모님뿐만 아니라 형, 누나도 검사예요. 그리고 친척들도 대부분 법조계에 계시고요."

"쩝, 고생이네. 아무튼 열심히 했다가 실패한다고 하더라도 너무 상심마라. 사법시험이 인생의 전부는 아니잖아."

김철의 인생을 보고 나름 생각해서 한 말이었지만 조용수에 겐 조금 다르게 들렸나 보다.

"악, 염장질! 합격한 사람한테 그런 말 들으면 더 비참해지거든요?"

"그냐? 하지만 난 사법시험 합격보다 건강한 네 두 다리가 더 부럽다."

"형도 참… 할 말 없으니까……."

살다 보면 가족을 위해 돈을 벌다 보니 가족에게 소홀한 경우처럼 본래 목적을 상실한 채 살아가는 경우가 허다했다.

여느 부모들이 그러하든 조용수의 부모들도 그가 편안하게 행복하게 살기를 바라서 사법시험에 합격하기를 바라고 있을 것이다. 한데 그것이 그에게 진정한 행복일지는 모르는 일이었다.

하긴 존재의 이유조차 잊고 있는 내가 충고라니, 조금은 우스웠다.

그래서 적당한 말로 대화를 마무리했다.

"다른 길도 있으니까 너무 부담 갖지 말라는 거야. 마음이 편안해야 시험도 잘 보지 않겠어?"

"무슨 말인지 잘 알겠어요. 그건 그렇고 방학 동안에 무슨 일 있었어요? 뭔가 조금 바뀐 것 같은데요?"

"바뀐 건 없다만 방학 동안 일이 있긴 있었지."

"오! 무슨 일이요? 혹시 이거 생겼어요?"

조용수는 입꼬리를 올리며 새끼손가락을 들어올렸다.

"있던 애인마저 떠난 마당에 무슨……."

"어? 예전에 말한 그분이랑 헤어졌어요?"

김철이 신유리에 대해 조용수에게 얘기를 한 적이 있었나 보다. 세세한 기억은 떠올리기 전에는 알 수 없었고, 잃어버린 기억의 경우는 전혀 알 방도가 없었다.

"응."

"괜찮아요?"

"결혼한 사람들도 헤어지는 판국에 연인끼리 헤어지는 게 대수냐?"

"형이라면 나중에 더 좋은 여자 만날 거예요."

예의상 하는 말이라는 걸 알고 있었다.

모성애가 넘치는 여자나 특이한 여자가 아니고서야 누가 하반신마비인 나와 사귀겠는가.

이런저런 얘기를 하며 시간을 보내고 있는데, 문동환이 소리를 버럭 지르며 다가왔다.

"철이 선배! 진짜 너무한 거 아냐!"

조용수와 마찬가지로 올해 3학년인 문동환은 김철이 가장 싫어하는 후배였다.

1학년 때부터 묘하게 거슬리는 말투와 행동을 보였고 둘이 있을 땐 맞먹는 것은 물론이거니와 윽박지르는 듯한 기억도 있었다.

'정말 육체적이 아니라 정신적으로 병이 깊었군.'

문동환에 대한 기억을 떠올리던 난 한편으로는 이해를 하면서도 다른 한편으로는 속이 답답해졌다.

후배의 건방진 태도를 보고 찍소리도 못한 것은 둘째치고라도 호구가 되어 사법시험 시험을 준비하며 정리해 둔 노트와 자료들을 싫어하는 사람에게 빌려줬다는 것이 마음에 들지 않아서였다.

과거의 김철이라면 현 상황에 주눅이 들었을지도 모른다. 하지만 다리 때문에 자신감이 없고 한없이 착하기만 했던 그는 이제 없었다.

난 살짝 인상을 찌푸리며 말했다.

"뭐가?"

"민사소송법이랑 형법, 형사소송법 자료는 어떻게 된 거야? 방학 내내 내가 얼마나 전화했는지 알아? 다음 달에 시험인데 떨어지면 선배가 책임질 거야? 그리고 전화는 왜 결번이라고 나오는 건데? 혹시 나 엿 먹이라고 작정한 거야?"

문동환은 2차 시험을 준비 중이었는데 1학기 때 김철에게 헌법, 행정법, 상법, 민법에 대한 자료들을 받았고, 나머지는 정리가 끝나면 방학 때 받기로 했는데 자살사고가 일어나면서 그걸 못 받은 것이었다.

난 그의 말에 어이가 없어서 피식 웃다가 얼굴을 굳히며 소리쳤다.

"야, 말 똑바로 안 해?"

"뭐……?"

"내가 니 친구냐? 왜 말끝마다 반말이야? 이 싸가지 없는 새끼야!"

"화를 낼 사람이 누군데 지금……!"

"화를 낼 사람? 장난하냐? 니가 뭔데 나한테 자료를 내놓으라 마라야? 방학 동안 나한테 무슨 일이 있었는지 알고 그따위로 지껄이는 거야? 니 공부는 니가 스스로 해. 그리고 내가 준 1차 시험 자료들하고 2차 시험 자료 당장 내놔."

"……"

문동환은 나에게 할 말이 있는 듯 입을 씰룩댔지만 조용수 때문에 하지 못하는 듯했다.

"용수야, 동환이가 나한테 할 말이 있는 것 같은데 잠깐만 비켜줄래?"

"…별로 좋은 생각은 아닌 것 같은데요?"

"괜찮아."

조용수는 몇 번이고 망설이다가 자리를 비켜줬다.

"아! 씨바, 정말 병신 같은 게 지금까지 선배 대접해 줬더니 존나 깝치네."

문동환은 조용수가 사라지자마자 본색을 드러냈다.

"돌대가리 새끼가 말은 잘하네. 그게 하고 싶은 말이었냐?"

"이 씨발 새끼가!"

문동환은 손을 쳐들었다.

"쳐 봐. 그 순간 넌 어디에도 발을 못 붙이게 해줄 테니까."

"아우~ 증말!"

"병신한테 알랑거려서 자료 얻을 생각하지 말고, 대가리 굴려서 공부해. 하긴 그 머리로는 힘들라나?"

멱살을 잡아오는 문동환을 향해 이죽거리며 말했다.

난 그가 홧김에 날 폭행하길 바라고 있었다. 그렇다면 지금까지 김철이 당했던 일을 깔끔하게 갚아줄 수 있을 테니 말이다.

하지만 그는 완전히 돌대가리는 아니었다.

"으휴~ 씨바! 병신 새끼가 주둥이만 살아서. 혹시 밖에서 보면 그땐 계단에서 밀어버릴 테니까. 조심해라. 이 병신 새끼야."

문동환은 멱살을 놓으며 뒤로 물러섰다. 그리고 잠시 후 조용수가 다시 휴게실로 들어오며 물었다.

"괜찮아요?"

조용수의 물음에 난 고개를 끄덕여 대답을 한 후 스마트폰을 꺼냈다. 그리고 문동환을 향해 화면을 보여주며 녹음 종료 버튼을 눌렀다.

"내가 뭘 녹음했을까?"

"……!"

"이걸 동문회나 방송국에 가져가면 어떻게 될까 궁금하네. 네 아버지가 판사라고 했었나?"

"…원하는 게 뭐야?"

"하~! 이 새끼, 정말 대가리 나쁘네… 아직도 선배한테 반말이냐?"

"…뭡니까?"

난 손가락을 까닥여 그를 내 앞으로 불렀고 문동환은 복잡한 얼굴이 되어 다가왔다.

"고개 숙여."

"도대체 무……."

쫘악!

문동환의 얼굴이 한쪽으로 홱 돌아갔다.

잠시 무슨 일이 일어났는지 인식을 못하고 있던 문동환은 곧 상황을 깨닫고 죽이기라도 할 듯한 눈빛으로 날 노려보았다.

"야, 눈깔에 힘 안 푸냐?"

난 나지막이 중얼거렸고, 현실을 깨달은 문동환은 어금니를 악물며 눈을 내려 깔았다.

"다음부터 선배한테 똑바로 해라. 그리고 당장 내가 줬던 자료를 가져와."

문동환은 복잡한 얼굴로 몇 번이고 망설이다가 가방을 열어 내가 줬던 자료들을 꺼냈다.

"나머지는 오늘 안에 용수한테 줘라. 아님… 알지?"

아무 말도 못하고 돌아서서 휴게실을 나가는 문동환을 보니 내가 직접적으로 당한 일이 아니었음에도 마치 가슴속에 쌓아 뒀던 묵은 감정을 털어낸 것 같아 속이 시원해졌다.

잠깐 빙의를 한 대상의 기억에도 영향을 받는 내가 50일이나 김철의 몸에 있었으니 어쩌면 당연한 일일 것이다.

"우와! 진짜 활불이라고 불리던 철이 형 맞아요?"

문동환이 사라지자 조용수는 엄지를 들어 올리면서 수선을 떨었다.

"활불이 아니라 호구였겠지."

내색을 하지 않았다 뿐이지 후배들이 어떻게 생각하고 있는 지 모를 만큼 김철은 바보가 아니었다.

그저 그의 입장에선 좋은 게 좋다는 생각으로 자신의 감정을 억누르고 있을 뿐이었다.

"그렇게 생각하는 애들도 더러 있었지만 전 그렇게 생각한 적 없어요. 착한 게 나쁜 건 아니잖아요."

"알고 있다. 그건 그렇고 이건 네가 볼래?"

문동환이 놓고 간 자료를 들어 조용수에게 건넸다.

"지, 진짜요?"

"필요하다면 봐. 어차피 이제 나에겐 더 이상 필요 없는 물건이니까."

"저야 좋지만……."

"근데 넌 왜 지금까지 한 번도 나한테 자료 달라는 소리를 안 한 거냐? 네가 달라고 했으면 줬을 텐데."

"형한테 해준 것도 없는데 미안하잖아요."

"미안하긴. 저딴 놈에게 준 내가 더 미안하지. 가자, 캐비닛에 다른 자료들도 있으니 줄게. 혹시 민주랑 요한이가 필요하다면 복사해 주고, 나머지 애들하고는 절대 공유하지 마라."

"그럴게요."

오늘 학교에 온 이유는 2학기 수업 문제로 담당 교수님들을 보기 위해서였다.

사법연수원에 들어가기 전에 홀로 공부하겠다는 핑계로 수업을 듣지 않을 생각이었는데 김철의 기억을 더듬어보면 가능한 일이었다.

조용수에게 캐비닛에 있는 자료를 넘긴 난 교수실을 돌았다.

"그렇게 하고, 졸업식 때는 꼭 와라."

"네, 알겠습니다."

사법시험까지 이미 패스해서인지 모든 교수님께서 흔쾌히 허락을 해주었다.

제3장

만남

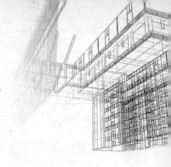

　2학기 수업을 뺀 것은 공부를 하기 위해서가 아니라 여행을 다니기 위해서였다.

　장애가 있는 김철의 몸에 빙의를 해서인지 모르지만 대한민국 곳곳을 보고 싶다는 열망에 휩싸여 하루가 멀다 하고 돌아다니고 있었다.

　굳이 유명 관광지가 아니어도 상관없었다. 마을만 있으면 적당한 곳에 주차를 하고 휠체어로 돌아다녔다.

　"여기, 기억이 나."

　충청남도 보령의 시골 마을에 들른 난 마을 입구에 있는 커다란 나무를 바라보며 중얼거렸다.

　과거였는지, 현재였는지, 아님 미래였는지 모르지만, 언젠가 빙의를 했을 때 본 모습이었다.

'마을 사람들에 의해 목이 매달렸던 남자였든가?'

차츰 선명해지는 기억.

휠체어로 나무 주위를 돌던 난 나무에 새겨진 익숙한 흔적을 찾을 수 있었다.

"…과거였군."

과거에 자신이 한 일을 이백여 년이 지난 지금 보게 되다니 꽤 신기한 일이었다.

"뭘 그리 유심히 보는겨?"

평상에 앉아 있던 노인 분들 중 할머니 한 분이 내 행동을 보고 물었고 그제야 정신을 차렸다.

"아! 여기 이상한 표식이 있어서 보고 있었어요."

"뭔 소리랴? 거기 뭐가 있다고 그려?"

"하하! 제 눈에는 그렇게 보이네요. 번잡하게 해드렸다면 죄송해요."

난 살짝 고개를 숙이며 인사를 한 후 휠체어를 몰아 차로 향했다.

마을을 보지 않았지만 알 만큼 충분히 알았다.

"젊은이 말처럼 그건 표식이 맞네."

뒤를 돌아보니 아까 나무 밑 평상에 앉아 있던 백발의 노인이 다가오고 있었다.

"…그런가요? 어떤 표식이죠?"

"얘기가 긴데 들어보겠나?"

"여행 중이라 남는 게 시간이죠."

"그럼 우리 집으로 가세나. 저기 보이는 오래된 한옥이 우리

집이라네."

노인의 집은 커다란 한옥으로 사랑채와 행랑채, 별당, 곳간 등 여러 채로 이루어져 있었다.

"이제 이곳 안채를 빼고는 거의 쓰지 않는다네."

내가 이리저리 살펴보자 간단한 설명을 한 노인은 집과 어울리지 않는 냉장고에서 포도 음료를 꺼내줬다.

"감사합니다. 자녀분들은?"

"아들, 딸 두 명 있지. 모두 도시로 나가 자수성가해서 명절 때나 내려오지."

"그렇군요."

자녀와 손주들에 대한 자랑을 한참 늘어놨지만 그리 싫지 않았기에 적당히 맞장구를 치며 집의 풍광을 구경했다.

"자네가 보기엔 나무에 새겨진 표식이 무엇 같은가?"

"글쎄요? 어르신이 표식이라고 말하셨으니 아이들이 장난으로 새겨놓은 것 같지는 않고……."

"그건 내 고조부님께서 새긴 암호문이라네."

"암호문요?"

암호문이라는 걸 몰라서 물은 것은 아니었다. 내가 새긴 것인데 무슨 의미인지 모를 리가 있겠는가.

다만 표식을 새긴 이가 말하는 노인의 고조부라는 말에 놀라 반문을 했을 뿐이었다.

'만났나 보군.'

놀람도 잠시 왠지 모를 기쁨에 빙긋 웃음이 나왔다.

"그렇다네. 누군가에게 어디 위치로 오라는 암호문이었지. 사실 내 고조부님은 원래 이 저택의 주인이었던 정씨 집안의 머슴이었다네. 한데 당시 머슴으로서 해서는 안 될 일을 하셨지. 당시 그 댁의 아씨를 좋아하게 된 거야. 그런데……."

노인의 입에선 옛 얘기가 흘러나왔다.

드라마에서 흔히 나오던 얘기였다.

사랑해선 안 될 사람을 사랑한 머슴과 아씨, 그리고 그 사실을 알게 된 양반.

양반은 조용히 해결되길 원했다. 그래서 머슴이 자살한 것처럼 꾸미기 위해 다른 머슴들을 시켜 마을 정자나무에 목을 맨 것처럼 만들었다.

노인의 고조부를 다른 머슴들이 가엾게 여겼는지 아님 운이 좋았는지 목이 완전히 조이지 않았고 기절한 채 서서히 죽어가던 머슴에게 빙의를 한 것이었다.

무사히 나무에서 내려온 난 두 사람의 사랑에 꽤 마음이 먹먹했었다. 그래서 살려준 것에 만족하지 않고 혹시나 아씨가 보지 않을까라는 생각에 나무에 둘 만의 표식을 했고 표식이 가리키는 장소로 달려가 아씨가 오기를 기다렸었다.

그러나 결과를 알지 못했다.

아씨가 도착하기 전에 빙의가 풀렸기 때문이었다. 한데 이렇게 우연히 그때 일에 대한 뒷얘기를 듣게 되니 기분이 묘했다.

"…고조부님은 꽤 당황하셨다는군. 분명 뭇매를 맞고 기절을 했었는데 전혀 엉뚱한 곳에서 깨어나셨으니 말이야."

"그래서 아씨는 만났나요?"

"만나셨지. 고조부님이 목을 맸다는 소리에 황급히 정자나무에 달려가셨던 고조모님은 사라진 시체에 놀라 이곳저곳을 찾으시다가 고조부님이 남기신 표식을 보고 그대로 고조부님이 계신 곳으로 달려 가셨다네."

"다행이네요. 한데 할아버님이 이곳에 계신 거 보면 두 분의 사랑이 인정을 받았나보군요?"

"그런 시대가 아니었네. 고조부모님께서는 그 길로 떠나서 평생을 타지에서 사셨지."

"허면 이 집은 어떻게?"

"내 할아버님께서 고조부님의 유언을 받들어 이곳으로 돌아오셨고, 때마침 망해가던 정씨 집안에게 이 저택을 샀다네."

해피엔딩이었다.

빙의를 하면서 즉흥적으로 했던 행동이 한 집안에 커다란 영향을 미쳤다고 생각하니 꽤나 재미있었다.

그러나 그뿐이었다.

지금은 염으로 돌아갈 수도 없었고, 혹 돌아갈 수 있다고 해도 돌아갈 생각도 없었다.

"잘 들었습니다, 어르신."

"나야말로 오래전에 할아버지께 들었던 이야기를 생각나게 해줘서 고맙네. 지금까지 까맣게 잊고 있었거든. 한데 벌써 가려고?"

"네."

"저녁이나 먹고 가지 그러나?"

"몸이 이래서 웬만한 곳에 머물면 민폐도 민폐지만 제가 너무 불편하거든요."

"허허허. 그렇겠군. 조심히 가게나."

내가 빙의해서 살렸던 이의 고손자의 배웅을 받으며 난 저택을 빠져나왔다.

*　　　*　　　*

대동여지도를 만들었던 고산 김정호처럼 전국을 돌아다니는 스스로의 행동에 의문이 들기도 했지만 그저 하반신마비로 여행을 다니지 못한 김철의 잠재의식 때문이라고 생각하며 나의 방랑벽은 겨울이 되어서도 멈추지 않았다.

일주일 동안의 여행을 마치고 차에서 내려 빨랫감이 잔득 든 가방을 휠체어에 걸고 있을 때였다.

"김철 씨?"

단정한 정장 차림의 중년 여자가 천천히 다가오며 말을 걸었다.

"그렇습니다만 누구신지?"

"제 명함이에요."

여자가 건넨 명함에는 변호사 하지영이라고 적혀 있었다.

"하 변호사님이셨군요. 한데요?"

"시간이 된다면 잠깐 얘기 좀 나눴으면 해요. 참고로 저는 대한대학교 법과대학 84학번입니다."

거절을 못하게 학교를 들먹이는 하지영이었다.

사법연수원도 들어갈지 말지 고민하고 있는 나에겐 별 소용없는 간판(?)이었으나 사람 일이란 모르는 일이었기에 굳이 거

절할 이유는 없었다.

"선배님이셨군요. 괜찮으시다면 집으로 들어가서 얘기를 하는 게 어떠신지요?"

"그게 편하다면 그렇게 해요."

보일러를 최소한 낮춰 둬서인지 집은 바깥 온도와 별 차이가 없었다.

"집을 비워 뒀더니 좀 춥네요. 소파에 앉아 계세요. 커피와 녹차가 있는데 뭘 드릴까요?"

"녹차로 하죠."

물을 끓여 잔에 붓고 티백 녹차를 넣어 하지영에게 건넸다.

후루룩 한 모금 마신 그녀가 입을 열었다.

"여행을 자주 다니나 봐요?"

"머리 식힐 겸 다니고 있습니다."

"하긴 연수원에 들어가면 2년간 또 공부만 해야 하니 지금이 아니면 기회가 없겠네요."

딱히 긍정도 부정도 하지 않았다.

"한데 그렇게 여행만 다니면 여자 친구가 뭐라 하지 않던가요?"

"지난여름에 헤어졌습니다."

"저런! 어쩌다가……."

"새로운 남자가 생겼더군요."

"괜한 걸 물었네요. 미안해요."

하지영은 안타깝다는 듯 말하고 있었지만 내가 보기엔 이미 알고 있었던 것처럼 보였다.

'할 말이 있으면 후딱 할 것이지.'

빙빙 돌려서 얘기하는 것이 마음에 들지 않았다. 그래서 단도직입적으로 말했다.

"하고픈 말 있으면 하세요, 선배님. 제가 며칠간 제대로 씻지를 못해서……."

"아! 내 생각만 했군요. 그럼 단도직입적으로 묻죠. 혹시 선볼 생각 있어요?"

"선이요?"

정말 생각지도 못한 말이 하지영에게서 나왔다.

"…농담이시죠?"

"정말이에요. 내가 볼 때 어디 한 군데 부족함이 없는 여자예요."

"그런 말씀을 하니 더 믿을 수가 없군요."

사법시험에 합격을 하면 괜찮은 곳에서 선이 들어오고, 사법연수원에서 우수한 성적을 거두면 더 좋은 곳에서 선이 쏟아진다는 얘기를 선배들에게 들은 적은 있었지만 김철은 단 한 번도 경험한 일이 없었다.

한데 뜬금없이 선이 들어왔다니 믿기지 않으면서도 한편으로선 볼 여자에 대해 궁금해졌다.

"혹시 저랑 비슷한 처지인가요?"

"장애를 말하는 것이라면 없어요."

"음, 그럼 머리가 조금 이상한가요?"

"아뇨. 고등학교를 조기졸업하고 예일 대학교 경영학과 역시 1년 먼저 졸업한 재원 중에 재원이죠."

"공부만 하다가 정신이 이상해졌나 보군요. 솔직히 그런 여자가 왜 저에게 관심을 가지는지 모르겠군요."

"김철 씨도 스스로에 대해 자신감을 가질 만큼 충분히 재원이에요."

"육체적인 것만 뺀다면 말이죠. 아, 그렇다고 스스로를 비관하지는 않아요. 그저 객관적으로 보는 거죠."

"좋은 마음가짐이네요. 그래서 선 볼 생각은 있나요?"

"약간은요."

관심이 있다고 해서일까 하지영은 가방에서 노란색 서류 봉투를 꺼내 나에게 건넸다. 봉투 안에는 선 볼 여자의 사진이 들어 있었는데 상당한 미인이었다.

"시간은 언제쯤 괜찮을까요?"

"하루 이틀 전에만 연락주시면 언제든 괜찮습니다."

"알았어요. 그럼 약속이 잡히면 바로 연락하죠."

갑작스럽고 믿기지 않는 맞선 제안 때문이었을까, 하지영이 떠나고 한참 뒤에야 맞선 볼 여자의 이름조차 묻지 않았음을 깨달았다.

*   *   *

"반가워요, 류성은이에요."

170센티미터가 넘는 키에 하이힐을 신어 웬만한 남자보다 커 보이는 여자가 손을 내밀었다.

"김철입니다."

난 손을 내밀어 가볍게 그녀의 손을 잡았다.

선보는 자리라 꾸미고 나와서인지 류성은은 사진보다 훨씬 더 예뻤고 늘씬한 키에 어울리게 몸매 또한 상당했다.

한데 살짝 올라간 눈꼬리와 흔들림 없는 눈빛 때문일까 다소 차갑게 보이는 것이 흠이라면 흠이었다.

"일하다가 와서 배가 고픈데 저녁 먹으면서 얘기를 할까요? 여기 스테이크 맛있어요."

"그러시죠."

주문을 하자 테이블에 각종 식기류가 세팅되었다.

포크, 나이프, 스푼 그리고 여러 종류의 컵이 테이블을 점령했다.

"…어지럽군요."

솔직히 말했다.

김철의 기억이나 내 기억을 뒤진다고 각각의 식기를 어디에 사용해야 할지 나올 것 같지 않아서였다.

"잘못 사용한다고 못 먹는 거 아니니까 편하게 먹어요. 공식적인 자리를 위해 한 번쯤은 배워둘 만한 것이긴 하지만 허세가 가득한 식사법이긴 하죠."

그녀가 말을 하는 동안 소믈리에가 와인을 들고 왔고 와인 잔에 조금씩 따랐다.

"괜찮네요. 오늘은 그걸로 하죠."

한 모금 마신 류성은이 고개를 끄덕이며 말하자 소믈리에는 적당량의 와인을 채운 후 병을 놓고 밖으로 나갔고 뒤이어 식전 빵이 나왔다.

"바깥부터 안쪽으로 사용하면 돼요."

빵을 먹자 전채 요리가 나왔는데, 그녀는 내가 보라는 듯 포크와 나이프를 천천히 들며 설명했다.

전채 요리가 끝나자 스프가 나왔고, 스프를 먹고 난 다음에야 메인 요리인 스테이크와 곁들여 먹을 수 있는 신선한 샐러드가 나왔다.

"저에 대해 궁금한 점 없나요?"

그녀는 스테이크를 3분의 2쯤 먹고 나서야 포크와 나이프를 놓으며 입을 열었다.

"아까 일을 하다가 오셨다고 했는데 무슨 일을 하세요?"

"아버지 회사에서 일을 배우고 있어요."

"실례가 안 된다면 회사 이름이 어떻게 되는지 알 수 있을까요?"

"어머, 저에 대해서 전혀 모르고 오셨어요?"

"네, 이름도 오늘에서야 들었는걸요."

"이런. 하 변호사님께 최대한 비밀스럽게 추진해달라고 부탁했지만 설마 김철 씨에게도 비밀로 했을 줄은 몰랐네요."

"괜찮습니다. 덕분에 이렇게 자연스럽게 얘기할 수 있잖아요."

"호호호. 그렇게 생각해 주니 고맙네요. 아버지가 경영하는 회사는 창천그룹이에요. 전 창천화학에서 사장으로 일하고 있고요."

창천그룹이라면 우리나라 20대그룹 안에 들어가는 기업이었다.

'창천그룹? 창천그룹이라······.'

김철의 기억이 아닌 염일 때의 기억이 어렴풋이 떠올랐다.

미래의 누군가에게 빙의를 했을 때 읽은 기억이었는데 그 기억에 의하면 창천그룹은 재계 1위 그룹이었다. 즉 미래의 어느 시점엔 창천그룹이 재계 1위가 된다는 얘기였다.

'그런다고 달라질 것은 없지만 말이야.'

오랫동안 염으로 살아서일까 딱히 인간적인 욕심은 없었다. 그저 염일 때 못했던 일을 하며 살다가 다시 염으로 돌아가면 된다고 생각하고 있었다.

"별로 놀란 기색이 아니네요?"

"놀라야 합니까?"

"솔직히 말하자면 여러 번 맞선을 봤지만 김철 씨만큼 무덤덤한 사람은 처음이네요."

"현실에 만족하며 살 줄 알거든요."

"음, 그런가요?"

"이왕 말이 나왔으니 물어보죠. 당신 말처럼 누구나 놀랄 정도의 배경을 지닌 이가 왜 굳이 나 같은 사람과 맞선을 보는 거죠?"

내 질문에 류성은은 바로 대답하지 않고 와인 잔을 들어 건배를 제의했다.

"다 마시면 대답하죠. 물을 맞는 건 괜찮은데 와인을 맞는 건 사양하고 싶거든요."

"앞에 있는 걸 뿌리고 싶어지는 대답인가 보군요. 하지만 제가 뿌릴 일은 없을 겁니다."

"장담하지 말아요. 대부분 그렇게 말해놓고 뿌리고 가거든요."

"나이프를 던진 사람은 없었나 보군요."

난 와인을 단숨에 마시고 류성은이 말하길 기다렸고 그녀는 한 잔 더 따라서 마신 후 입을 열었다.

"저에겐 남성혐오증이 있어요."

"아!"

난 단번에 그녀가 하는 말을 알아들었다.

류성은은 남자가 아닌 그냥 호적에 이름을 올려줄 사람이 필요한 것이었다.

김철이라면 검사나 판사가 될 가능성이 높았기에 최소한 욕을 먹을 수준은 아니었고 섹스를 아예 할 수가 없으니 딱이었으리라.

"이해했나요?"

"충분히요."

"이해가 빠르네요. 뿌려도 좋아요. 대신 오늘 있었던 일은 잊어주세요. 혹시나 소문이 난다면 물을 뿌린 것에 대한 대가를 치러야 할 거예요."

"훗! 그렇게 협박을 했는데도 뿌린 남자들이 있었다는 게 신기하군요. 전 뿌릴 생각이 없습니다. 대신 세 가지 물어보죠."

"…말해요."

"만일 결혼한 후 제가 아이를 원한다면 어떻게 할 생각이죠?"

"아이는 두 명까지 낳아줄 수 있어요. 단 의학의 힘을 빌려야겠죠."

"꽤 구체적으로 계획을 세워뒀군요? 허면 부모님을 설득할 자신은 있나요?"

다리를 손바닥으로 탁탁 치며 말했다.

"부끄럽지만 사회적 지위로 사람을 보는 분이 제 아버지거든요."

"확실한 기준이 있으신 분이군요."

"그렇게 생각할 수도 있겠네요. 마지막은 뭐죠?"

"성은 씨의 제안이 다소 자존심이 상하는 제안이긴 하지만 그래도 야심이 있는 사람이라면 충분히 허락할 만한데요."

"창천그룹과 관해서는 모든 권리를 포기해야 한다는 계약서를 작성해야 해요. 그리고 내가 원할 때 이혼을 해줘야 하죠. 물론 아이들에 대한 권리 또한 포기해야 하고요. 가질 수 있는 건 약간의 돈과 결혼을 하고도 마음껏 바람을 필 수 있다는 정도죠."

"다들 학을 뗄 만하군요. 뿌려도 될까요?"

"늦었어요! 게다가 화가 나지도 않았잖아요?"

류성은의 말처럼 기대한 것이 없었기에 화나는 것도 없었다. 호기심에 나왔고 호기심을 채웠으니 그걸로 만족했다.

"하하! 천하의 창천그룹 영애에게 물을 뿌릴 수 있는 기회였는데 아깝군요. 얘기가 끝났으니 식사나 마저 할까요?"

난 남아 있던 스테이크를 먹기 시작했다. 그런 나를 류성은은 특이하다는 듯 물끄러미 바라보았다.

"저랑 계약하지 않을래요?"

후식으로 나온 달콤한 과일 아이스크림을 먹는데 류성은이 말했다.

"싫습니다."

단칼에 거절했다.

"당장 결정할 필욘 없어요. 어차피 김철 씨가 사법연수원에 가서 우수한 성적으로 검사나 판사가 되어야 계약이 시작되는 거니까요."

"사법연수원에 안 갈지도 몰라요."

"그럼 계약은 없는 거죠."

딱히 손해 볼 것은 없는 계약이었다. 그러나 얽매인다는 자체가 싫었다. 내 표정에 그런 생각이 비춰졌는지 류성은은 거절하지 못할 떡밥을 더했다.

"여행을 좋아한다죠? 당신에게 맞춘 캠핑카를 선물로 드리도록 하죠."

"…계약을 못해도 준다는 겁니까?"

"네, 계약이 안 된다고 해도 당신 거예요."

"좋습니다, 하죠!"

딱히 소유욕이 없는 내가 유일하게 탐내는 것이 있다면 바로 캠핑카였다.

"캠핑카를 주면서까지 굳이 저랑 계약하려는 이유를 모르겠군요."

류성은이 간단하게 손으로 작성한 계약서에 사인을 하면서 물었다.

"당신 같은 사람은 처음이거든요. 가급적 사법연수원에는 들어가는 걸로 해봐요. 김철 씨라면 좀 더 많은 걸 줄 수도 있어요."

"제가 욕심이 없다는 걸 확신하고 있군요. 만일 이 모든 게 제 작전이라면 어쩌려고요?"

"아니라는 거 알아요. 하지만 만일 완벽하게 날 속인 거라면⋯⋯."

류성은의 눈빛이 날카로워지며 방 안의 공기가 순식간에 싸늘하게 바뀌었다.

'이 여자, 위험해.'

그녀의 눈빛을 보자 왠지 모를 섬뜩함이 등줄기를 타고 내렸다.

"⋯어쩔 수 없죠. 속은 사람이 바보잖아요. 깔깔깔!"

"그, 그렇군요."

류성은이 웃자 언제 그랬냐는 듯 싸늘함은 사라지고 밝은 분위기로 돌아왔다. 하지만 방금 전에 느꼈던 사이한 기분을 없애기엔 역부족이었다.

계약서 작성이 끝나면서 맞선도 끝이 났다.

"오늘 유익했어요. 계약이 시작되길 기다리고 있을게요. 그럼."

류성은은 작별 인사를 하고 휑하니 사라졌고 난 그녀가 사라진 문을 바라보며 생각했다.

절대 친해져서는 안 될 여자라고.

*   *   *

류성은은 약속을 확실히 지켰다. 맞선을 본 이튿날 캠핑카

업체에서 사람이 와서 어떻게 고칠지에 대해 물어보았고 이주
일이 지난 오늘 캠핑카를 양도할 사람이 오기로 했다.

"마트에 들러 일단 냉장고부터 채워야겠어."

캠핑카가 도착하면 바로 떠날 생각으로 짐을 정리하고 있었
다.

이번엔 돌아오지 않고 한 달 정도 머물다 올 생각이었는데
그럴 작정을 한 것치곤 짐이 많지 않았다. 왜냐하면 캠핑카엔
세탁기도 있었기 때문이었다.

딩동! 딩동!

"왔다!"

캠핑카 업체에서 왔다고 생각한 난 서둘러 문을 열었다. 한
데 캠핑카 업체가 아니라 뜻밖의 인물이었다.

"…신유리?"

"오랜만이네. 들어가도 될까?"

금발로 염색한 머리, 몸에 착 달라붙은 원피스에 밍크코트,
명품 가방, 기억 속의 신유리와는 달라도 너무 달랐다.

"들어와."

"잘 지냈어?"

"덕분에. 마실 거라도 줄까?"

"아무거나."

처음 김철에게 빙의했을 땐 신유리에 대해 별다른 감정이 없
었다. 한데 김철로 오랫동안 지내다 보니 일체화가 깊어졌는지,
아님 실물로 봐서인지 약간의 감정이 일어났다.

그 감정은 사랑의 감정이 아니었다. 들고 있던 잔을 그녀를

향해 던져버리고 싶은 걸 보면 분노였다.

'…그럴 가치도 없는 일이야.'

깊게 숨을 들이쉬는 것만으로도 사라질 만큼 보잘 것 없는 분노였다.

"모습을 보니 잘 지내는 것 같은데, 어쩐 일이야?"

"목사님께서 네가 안 나온다고 어찌된 일인지 나보고 알아보라고 해서 왔어."

신유리의 어머니가 다니던 교회의 집사였다.

"헛걸음했구나."

"무슨 뜻이야?"

"난 더 이상 신을 믿지 않아. 세상에 믿어야 할 것이 있다면 돈과 섹스, 이 두 가지겠지."

"……."

"시련을 이기면 다른 시련을 내리는 신 따위가 존재할 리가 없어."

"차라리 날 욕해."

"넌 정상적인 삶을 살고 있어. 예전이 비정상이었지. 널 탓하는 게 아냐. 나라고 해도 너와 같은 선택을 했을 거야. 삶은 드라마가 아니라 현실이니까."

"많이 바뀌었구나……?"

"네가 그랬듯이 나도 현실을 알게 된 거야."

신유리가 헤어지자고 한 것은 7월이었지만 사실상 그녀가 민종수와 사귀기 시작한 것은 훨씬 이전부터였고, 김철도 어느 정도 눈치를 채고 있었다. 다만 그러한 사실을 말하면 그녀가 떠날 것 같아 모른 채 입을 닫고 있었던 것이다.

그런 비참한 감정들을 털어내기 위해 마음껏 비꼬며 얘기를 했고 결과는 성공적이었다.

"···잘못 왔네. 갈게."

"두 번 다시 안 봤으면 좋겠어."

내 말에 거실로 가고 있던 신유리의 발걸음이 멈췄다. 하지만 그것도 잠시 곧 문을 닫고 사라졌다.

"속이 다 시원하군."

신유리가 볼 땐 헤어진 여자에게 찌질하게 구는 남자로 보일지 몰랐다.

하지만 상관없었다. 내 기분이 중요하지, 이미 떠난 여자의 감정 따위를 생각할 만큼 한가하지 않았다.

신유리가 가고 얼마 지나지 않아 캠핑카업체에서 차를 가져왔고 난 여행을 떠났다.

전국을 돌며 한 달을 보낸 난 정비를 하기 위해 집으로 돌아왔다.

빨랫감을 세탁기에 넣어 돌린 후 욕조에 물을 받아 몸을 담갔다.

"아~ 좋다."

캠핑카가 좋다고 하더라도 집만큼 편하고 좋을 순 없었다.

탈수를 하는지 덜덜거리는 세탁기 소리를 들으니 눈이 절로 감겼다.

한데 그때 목욕탕 문이 벌컥 열렸다.

혼자 사는 집이어서 누군가가 들어올 것이라고는 상상도 못 하고 있었기에 깜짝 놀랄 수밖에 없었다.

잠은 순식간에 달아났고 눈을 떠 문 앞에 서 있는 이를 확인 했다.

"니가 여긴 웬일로……!"

착한 김철이 찢어죽이고 싶을 정도로 싫어했던 민종수가 비 열한 웃음을 지은 채 서 있었는데, 험상궂은 두 명의 사내와 함께였다.

"친구가 친구 집에 놀러오는 데 이유가 있냐?"

"친구 같은 소리하네. 주거침입으로 신고하기 전에 어서 나 가!"

소리치는 내 목소리엔 힘이 없었다.

나가란다고 나갈 놈이었으면 이렇게 찾아올 리도 없었고 사 내들까지 대동한 것을 볼 때 앞으로 벌어질 일들이 예상되었기 때문이었다.

"한동안 잠깐 친구로 지내줬더니 보이는 게 없나보구나? 할 말 끝나면 가지 말라고 붙잡아도 갈 테니까 그 입 좀 다물 지?"

타인의 기억을 통해서는 죽음의 공포까지 숱하게 겪어보았 지만 두려움이란 나에게 무척 생소한 것이었다. 한데 민종수의 눈빛을 보며 두려움을 느끼고 있었다.

'김철의 감정일 뿐이야!'

난 익숙지 않은 두려움이란 감정을 김철의 기억 탓으로 돌리 려 했다. 그러나 스스로는 알고 있었다. 두려움이라는 감정을 온전히 느끼고 있음을.

"씨발! 나가라고!"

난 생소하면서도 더러운 기분을 없애려는 듯 발작적으로 소리쳤다.

제4장

분노라는 감정

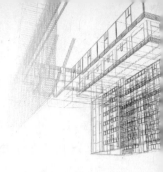

"하아, 이 새끼가! 이제 잃을 게 없다고 생각하는 거냐? 일단 조용히 얘기하려면 그 입부터 닫게 해줘야겠군."

민종수는 뒤에 있는 사내들에게 눈짓을 보냈고 두 사내는 목욕탕 안으로 들어왔다.

"나가라고, 이 개새끼들아! 나… 꾸룩!"

방금 전까지 나른함을 선사하던 욕조의 물이 입으로 들어오며 생명을 위협했다. 움직이지 않은 하체를 대신해 손을 움직여 이 상황을 벗어나라고 해봤지만, 두 사내의 악력을 당할 수가 없었고, 속절없이 당해야 했다.

"푸하! 흐어업, 크… 꾸룩!"

제대로 숨을 쉬기도 전에 다시 머리가 물속에 박혔고, 물이 쉴 새 없이 목을 타고 넘었다.

그와 함께 정신이 아득해졌다.

염일 때 물고문을 당하며 죽어가는 사람들에게 빙의가 된 적도 있어 지금과 같은 고통엔 익숙하다면 익숙했다.

그럼에도 불구하고 지금의 난 그때와는 달리 필사적으로 살기 위해 손을 내젓고 있었다.

'빌어먹을! 이럴 줄 알았어!'

정신체인 내가 두려움을 느꼈던 것은 김철이 죽는다고 해서 빙의가 풀리지 않을 것이라는 걸 어렴풋이 느끼고 있었기 때문이었다.

나도 모르는 사이에 김철의 몸에 완전히 적응을 해 더 이상 정신체가 아니게 된 것이었다.

몇 번째 물속에 처박혔을까?

거칠게 움직이던 손은 산소를 얻지 못하자 더 이상 움직이지 못했고 죽는다는 두려움이 산소 대신에 핏속을 채우며 모든 걸 포기하게 만들었다.

하지만 정신이 아득한 곳으로 가기 직전, 두려움만큼 생소한 감정이 두려움을 자양분 삼아 생겨났다. 그리고 그 감정은 순식간에 두려움을 잡아먹으며 온몸을 장악해나갔다.

'죽인다……! 죽여 버리겠어! 가장 비참하게!'

분노였다.

그러나 분노가 부족한 산소를, 힘을 주진 못했고 난 정신을 잃었다.

* * *

꿈을 꾸는 건지, 주마등이라고 죽기 전에 보는 과거의 모습인지 모르지만 김철의 고등학교 때를 봤다.

큰 키에 잘 생긴 얼굴, 그리고 전국 상위 0.001퍼센트에 드는 성적, 선천적으로 몸이 약해 운동을 못한다는 걸 제외하곤 완벽한 엄친아였던 김철에게 고등학교 시절은 가장 행복한 시기임과 동시에 불행이 시작된 시기이도 했다.

불행은 고등학교 2학년 때 민종수가 전학을 오면서부터였다.

민종수는 전학을 오자마자 딱히 일진이라고 불리는 학생들이 없었던 학교에 일진회를 만들었고 김철을 괴롭히기 시작했다.

처음엔 단순한 시비정도였지만 날이 갈수록 더해졌고 3학년 때 마침내 사고가 일어나고 말았다.

방과 후 집으로 향하던 김철이 육교에서 민종수 일행을 만나게 되었고, 그들에게 떠밀려 계단에서 굴러 떨어지게 된 것이다.

떠민 것은 민종수가 아니었지만 굴러 떨어지기 직전에 그의 얼굴에 피어난 잔인한 미소가 노리고 한 짓이라는 확신을 줬다.

"아악!"

허리에서 느껴지는 끔찍한 고통에 비명을 내지르며 꿈에서 깨어났다.

눈을 뜨자 민종수가 두 명의 사내를 향해 목소리를 높이고 있었다.

"아, 진짜! 병신 같은 놈 죽이고 깽값 물고 싶은 생각은 없거든?"

"죄송합니다. 약간 겁을 준다는 것이……."

"다행이 깨어난 것 같습니다."

화를 내는 놈이나 대답을 하는 놈이나 실제로 죽었어도 별로 상관없다는 태도였다.

자동소총이라도 있다면 당장 갈겨버리고 싶었지만, 같은 실수를 할 만큼 멍청하진 않았다.

"그 새끼, 약해 빠져서는… 그래도 아까처럼 고함을 지르지 않는 걸 보니 대가리는 제대로 돌아왔나 보네. 역시 거지같은 것들은 맞아야 정신을 차린다니까."

이죽거리며 다가와 테이블에 앉는 민종수를 보자 피가 거꾸로 솟는다는 말을 이해할 수 있었다.

하지만 초인적인 힘으로 표정을 평소대로 유지했다.

"이 새끼한테 덮을 거라도 갖다 줘. 여자도 아니고 사내새끼가 벗고 있는 모습을 보자니 토할 것 같아."

두 사내 중 한 명이 바닥에 있던 옷을 던졌고, 난 옷을 받아 하체를 가리며 물었다.

"…무슨 일로 온 거야?"

"진즉에 이렇게 나왔으면 서로 편했잖아, 안 그래?"

"……."

"꼴에 자존심은. 킥킥킥! 나도 길게 있고 싶지 않으니 본론을 말할게. 앞으로 유리랑은 절대 만나지 마, 알았어?"

"만날 생각 없었어. 단지 걔가 목사님의 부탁으로 찾아왔을 뿐이었지."

"그렇겠지. 내가 매일같이 행복하게 해주는데 걔가 너한테 무슨 미련이 있다고 왔겠어? 한데 말이야, 널 만나고 난 뒤로 며칠간 어지간히 떽떽거리더란 말이야. 난 그런 거 딱 질색이야."

고작 그까짓 일 때문에 날 죽이려 했다는 것에 속이 부글부글 끓어올랐다. 그러나 일단은 현 상황을 벗어나는 게 우선이었다.

"절대 만나는 일 없을 거야."

"그래야지. 다음에도 날 귀찮게 하면 평생 병원에서 지내야 할 테니까. 아! 한 1년 정도 지나면 만나도 상관없어. 그때는 헤어진 다음일 테니까."

"……."

"병신, 그딴 눈으로 바라보지 마. 설마 내가 그딴 년이랑 결혼이라도 할 줄 알았냐? 그냥 데리고 노는 것뿐이야. 다만 아직까진 질리지 않았을 뿐이지."

"…알아서 해. 난 관심 없으니까."

"꼴에 자존심 세우지 말고 내가 버리고 나면 한번 잘해 봐. 입으로 꽤 잘하니까. 킥킥킥!"

민종수는 뭐가 재미있는지 한참을 킥킥대다가 일어났다.

"저 두 사람 얼굴 잘 기억해 둬. 경고를 무시하면 저들의 얼굴을 다시 보게 될 거야."

"…꼭 기억해 두지."

피식 쪼개며 사라지는 두 사람의 얼굴을 머리에 새겼다.

어떻게 잊겠는가. 나에게 두려움과 분노라는 감정을 알게 해준 은인들인데.

"으아아아아아아!"

민종수와 두 사내가 간 다음 난 목까지 차오른 분노를 밖으로 토해냈다. 그리고 주먹으로 쓸모없는 다리를 내려쳤다.

＊　　　＊　　　＊

"에구머니나! 이게 다 뭐람?"

내가 여행을 간 줄 알고 노래를 흥얼거리며 들어오던 도우미 아주머니가 엉망진창이 된 거실을 보곤 깜짝 놀라며 말했다.

"학생, 이게 무슨 일이야? 여행은 안 갔어?"

"…일이 있어서요. 오늘은 그냥 가서도 돼요."

"집 안 꼴이 이 모양인데 어떻게 그냥 가? 잠깐 학생, 방에 가 있어. 내가 금방 치울게."

"괜찮아요."

"학생은 괜찮을지 모르지만 내가 안 괜찮아."

몇 번이고 거부를 해봤지만 아주머니에겐 씨알도 먹히지 않았고 금세 내 방으로 쫓겨났다.

"…좋은 방법이 없어."

당장 눈이 올 것 같이 구름이 잔뜩 낀 하늘을 보며 중얼거렸다.

민종수를 만나고 삼 일 동안 어떻게 복수를 해야 할지 생각해 보았지만 도무지 길이 보이지 않았다.

민종수에게 복수를 하려면 그의 집안까지 상대해야 하는데, 오래전부터 한국의 상류층에 있던 집안이라 인맥이 보통 좋은 곳이 아니었다.

설령 내가 검사나 판사가 된다고 해도 당장 손을 댈 수 있는 곳이 아니었다.

군자의 복수는 10년이 걸려도 늦지 않다고 하지만 난 군자가 아니었고, 10년을 기다릴 만큼 참을성도 없었다. 물론 10년이 지나도 복수를 할 수 있을지 미지수였지만.

"역시 그 방법밖에 없나……."

그나마 가장 가능성이 높은 것은 판검사가 되어 류성은과 계약결혼을 하고 그녀를 이용해 복수를 완성하는 방법이었다.

60년이 넘는 전통 있는 중견기업이라고 하지만 20대그룹 안에 들어가는 창천그룹에 비하면 태양 앞의 반딧불이나 마찬가지였다.

갑자기 남의 도움이 없다면 아무것도 하지 못하는 무기력한 내 자신에게 짜증이 났다.

3일 동안 지금과 같은 순간이 몇 번 있었다. 그때마다 손에 집히는 물건을 때려 부수는 것으로 풀었지만 지금 청소를 한참하고 있는 아주머니가 밖에 있으니 그저 속으로만 삭혀야 했다.

"으득! 내가 이 몸을 빠져나갈 수만 있다면!"

꽉 쥔 주먹을 바라보며 중얼거렸다.

슈욱!

그때 갑자기 이상한 느낌이 들며 손으로 뭔가가 빠져나가는 느낌이 들었다.

"뭐, 뭐야!"

시선이 두 개가 되는 느낌에 화들짝 놀라자 빠져나갔던 무엇은 놀란 듯이 안으로 들어왔다.

염일 때 내 에너지의 일부를 사용해서 타인의 기억을 읽었을 때와 비슷한 느낌이 들었다.

"하지만 어떻게……?"

김철의 몸에 들어온 이후로 여행만 다닌 것은 아니었다. 여행 다니는 틈틈이 빠져나가려고 노력도 해봤고 빙의했을 때처럼 다른 사람들의 기억을 읽을 수 있는지도 테스트를 해봤었다.

그러나 지금까지 모두 실패였다.

"간절함이었나?"

난 다시 손을 바라보며 빠져나가길 간절히 바랐다. 그러나 조금 전과 달리 전혀 반응이 없었다.

'빌어먹을! 제발 되라고! 원한을 갚아야 한다고!'

한참을 노려봐도 움쩍달싹하지 않던 것이 민종수를 생각하자 '꿈틀' 움직이기 시작했다.

간절함에 원한이 필요했나 보다. 민종수에게 고문을 당했던 생각을 하자 마침내 '무엇'이 손을 뚫고 밖으로 나왔다.

'…침착해.'

실수는 한 번으로 족했다.

마음을 가라앉히고 몸 밖으로 나온 것이 '무엇'인지, 어떻게 나온 건지, 어떤 역할을 하는지 알기 위해 정신을 집중했다.

'눈 두 개가 더 생긴 긴 것 같군.'

밖으로 나온 '무엇'은 정신체의 일부가 확실했다. TV를 보듯이 '무엇'의 시점으로 방 안의 풍경을 볼 수 있었는데, 염일 때 세상을 보던 광경과 같았다.

'근데 이걸 어떻게 사용해야 하는 거지?'

시선이 두 개가 되었다는 걸 제외하곤 딱히 특별한 것이 없어보였다.

똑! 똑!

갑작스러운 노크소리에 집중이 깨졌고 '무엇'은 다시 손 안으로 쏙 들어가 버렸다.

"학생, 밥 안 먹었지? 수제비 끓였는데 먹을래?"

도우미 아주머니가 문을 빼꼼 열고 얼굴을 들이밀며 물었다.

"…감사합니다."

집중력이 깨진 것에 살짝 짜증이 났지만 당장 해결될 일이 아니었고 자신을 위해 청소 외의 일까지 해주신 아주머니의 마음씀씀이가 느껴져 감사함을 표하고 밖으로 나갔다.

*　　　　*　　　　*

방에 콕 박혀 염―'무엇'을 염이라고 부르기로 했다―에 대해 연구한 지 일주일이 넘었지만 딱히 알아낸 것은 없었다.

단지 생각만으로 염을 뽑아낼 수 있게 되었다는 것이 진전이라면 진전이었다.

"이제 슬슬 나갈 시간이군."

평소처럼 염을 뽑아놓고 고민을 하던 난 알람 소리에 하지영 변호사와의 약속 시간이 다가왔음을 깨닫곤 나갈 채비를 했다.

약속장소는 날 생각해서인지 호텔 커피숍이었다.

"즐거운 시간 보내십시오, 고객님."

"고맙습니다."

호텔 입구에서 커피숍까지 휠체어 옆에 붙어 안내를 한 호텔 맨에게 팁을 건네며 감사를 표한 후 시간을 확인했다.

차가 막히지 않아 약속 시간까지 40분이나 넘게 남았기에 먼저 커피를 주문했다.

'사법연수원 입소 때문이겠지?'

류성은이 나에게 선택권을 줬다고 해도 마냥 내버려 둘 거라고는 생각하지 않았다. 그녀의 제안을 받아들일 사람을 구하기 위해서 최소한 나의 생각이라도 알고자 할 터였다.

난 그녀와의 계약을 받아들여 사법연수원에 입소를 할 생각이었다.

염이라는 걸 만들어낼 수 있게 되었지만 그걸로 민종수에게 복수를 할 수 있을지 없을지는 여전히 의문이었다. 그러니 현재까지 유일한 해결책이라고 할 수 있는 류성은이라는 카드를 버릴 수 없었다.

'쩝! 팔자에도 없는 법 공부를 하겠군. 그나마 머리가 좋으니 천만다행인 건가……'

김철은 몸이 약한 대신에 탁월한 기억력을 타고났다. 책을 사진처럼 찍어 기억할 수 있었고, 컴퓨터보다 빠르게 책의 내용을 검색할 수 있었다.

그리고 난 그가 기억한 것과 기억능력을 그대로 사용할 수 있었다.

"후배님, 일찍 왔네요?"

하지영 변호사가 도착했다.

"조금 전에 도착했습니다, 선배님."

"훗! 커피의 상태를 보니 30분 정도 전에 도착한 거 같은데요?"

"이런, 리필을 해둘 걸 그랬군요."

"리필하면서 내 것도 주문해 줄래요? 날씨가 추워도 너무 춥네요."

"그러죠."

난 손을 들어 종업원을 불렀고 리필을 부탁함과 동시에 새로운 커피를 주문했다.

"후룩! 오늘 만나자고 한 건 말하고 싶은 것이 있어서예요."

"말씀하세요."

"사법연수원은 어떻게 할 건가요? 듣자 하니 들어갈지 말지 고민 중이라면서요?"

"입소할 겁니다."

"잘 생각했어요. 특별한 계획이 없다면 한 해라도 빨리 들어가는 것이 나중을 위해서라도 좋아요. 본래 입소를 설득하기 위해 만나자고 했는데, 입소를 한다니 말하기가 한결 편하겠군요."

하지영은 커피를 한 모금 마신 후 말을 이었다.

"조만간 성은이가 후배님에 대해 회장님께 말하게 될 것 같아요."

"사법연수원 성적이 나온 다음에야 말한다고 들었던 것 같은데요?"

"개인적인 가정사라 자세하게는 얘기할 수 없지만 상황이 바뀌었어요."

"그렇군요. 제가 주의할 점이 있다면 말해 주세요."

계약을 깰 생각이 없어진 이상 상황이 바뀌었다면 그에 맞게 행동하면 될 일이었다.

"성은이이에게 계약에 대해 별로 탐탁지 않아 한다고 들었는데… 왠지 굉장히 적극적이네요?"

"대단한 기회라는 걸 알게 된 거죠."

"그렇게 말하는 것치곤 담담한 것 같기도 하고… 후배님이 무슨 생각을 하는지 잘 모르겠네요. 어쨌든 나나 성은이로서는 좋아할 일이니 말을 계속하죠. 회장님께서 후배님에 대해 알게 되면 뒷조사를 할 거예요. 어쩌면 직접 만나고자 하실 수도 있겠죠. 그러니 미리 마음의 준비를 하고 있어야 할 거예요."

"드라마에서 나오는 상황이 일어나는 겁니까?"

"어떤 드라마를 말하는 건지는 모르겠지만 걱정할 건 없어요. 예의 없는 분들은 아니거든요."

"다행이군요."

예의가 있는지 없는지는 두고 봐야 할 일이었지만 상황을 지켜보다가 결정을 해도 되었기에 미리부터 겁먹을 이유는 없었다.

"아! 그리고 성은이가 간혹 연락을 해 만나자고 할 거예요."

"보여주기입니까?"

"나중을 위해 미리 관계를 진척시켜 둔다고 생각하는 편이 낫겠죠. 괜찮죠?"

"물론입니다. 그리고 이왕 할 거라면 확실히 하는 것이 좋겠죠."

"이거 너무 순순히 대답을 하니 오히려 당황스럽네요. 최소한 설득하는데 두세 시간은 걸릴 줄 알았는데 30분도 걸리지 않았군요."

"조금 튕길 걸 그랬나요?"

"남자가 튕기는 건 별로 멋없어요."

하지영 변호사는 할 말을 다했는지 더 이상 말이 없었고 나역시 딱히 할 얘기가 없었기에 그만 헤어지기로 했다.

"가요. 차 타는 곳까지 배웅할게요."

"괜찮습니다. 저에겐 신경 쓰지 마시고 가세요."

배려 받는 것을 싫어하진 않았지만 그렇다고 딱히 좋아하는 것도 아니었다.

하지영 변호사는 내 말투에서 그러한 점을 읽었는지 손을 흔들며 갔고, 난 휠체어를 움직여 천천히 밖으로 향했다.

"간만에 나왔는데 드라이빙이라도 하고 갈까?"

한동안 염을 연구한다고 방에서만 두문불출했더니 바로 집으로 들어가긴 싫었다.

핸들을 집이 아닌 다른 방향으로 꺾었다.

목적지가 있는 것도, 고속도로처럼 빨리 달리지 못하고 서다가다를 반복했지만 달리고 있다는 것만으로도 좋았다.

신호등에 걸려 차가 한참동안 서 있어도 상관없었다. 시선을 돌려 사람들이 지나다니는 모습을 봐도 기분이 풀렸기 때문이었다.

다시 차가 멈췄고 자연스레 시선은 우측을 향했다.

개업 이벤트를 하는지 신나는 댄스음악을 틀어놓고 추운 날씨임에도 불구하고 짧은 미니스커트를 입은 아가씨 두 명이 알아듣지 못할 말을 하며 호객 행위를 하고 있었다.

한쪽에서는 피에로 복장을 한 사람이 풍선을 불어 지나가는 아이들에게 나눠주고 있었는데, 추위 때문에 손이 얼어서인지 초보라서 그런지 몰라도 풍선에 헬륨가스를 넣다가 자꾸 터뜨리고 있었다.

"추운데 고생이네."

안쓰러우면서도 한편으론 부지런히 움직이며 일하는 모습이 부럽기까진 했다.

빵!

뒤차의 경적소리에 신호등을 보니 어느새 녹색으로 바뀌어 있었다. 그러나 바로 앞에 있는 차는 움직이지 않고 있어 출발할 수가 없었다.

"성질도 급하셔라……."

백미러를 보며 경적을 울린 뒤차 주인에게 혼잣말을 중얼거린 난 앞차가 움직이길 기다리며 다시 개업 행사장을 바라보았다.

피에로가 터뜨리지 않고 무사히 가스를 넣은 풍선을 묶다가 이번엔 풍선을 놓쳐버렸고, 풍선은 둥실 떠오르기 시작했다.

풍선을 받으려고 기다리고 있던 아이가 팔짝팔짝 뛰어보지만 눈 깜짝할 사이에 하늘로 올라가 버렸다.

"…아!"

하늘로 올라가는 풍선을 본 순간 머릿속에서 스위치가 켜지는 듯한 느낌을 받았다.

빵빠앙~!

"…그만 좀 빵빵대라. 간다, 가!"

뒤차의 경적소리에 정신을 차린 난 빠르게 차를 출발시켰다. 그리고 바로 집으로 향했다.

"빨리! 빨리!"

엘리베이터의 움직임도, 전자식 자물쇠의 반응속도도 더디게 느껴질 정도로 마음이 급했다.

휠체어 바퀴에 묻어 있는 흙을 털지 않고 곧장 거실로 올라온 난 바로 손을 내밀어 염을 꺼냈다.

"지금까지 더 크게 만들 생각을 왜 못했을까?"

염을 더 크게 만든다고 해서 변화가 있을 것이라고는 장담할 수 없었다.

그러나 시도해 볼 만한 가치는 충분했다.

핸드볼만 한 염을 바라보며 중얼거리던 난 집중을 해 염을 더 크게 만들고자 노력했다.

많은 집중력을 요했지만 그동안의 노력 덕분인지 온전히 유지할 수 있었고 시간이 지날수록 염은 조금씩 커져갔다.

그리고 염이 농구공보다 조금 더 커졌을 때 변화가 일어났다. 헬륨가스가 든 풍선처럼 서서히 떠오르기 시작한 것이다.

"됐다!"

천장을 통과하여 아파트를 벗어난 염은 속도를 높이며 하늘로 치솟았다.

난 분명 방 안에 있었지만 염은 동네를, 서울을, 대한민국을 한눈에 바라볼 수 있는 곳까지 올라갔다.

그리고 마침내 염일 때 살았던 곳에 도착할 수 있었다.

'집으로 돌아왔다!'

단번에 내가 지내던 곳임을 알 수 있었다. 무엇보다도 확실한 증거는 아래에 보이는 대한민국의 모습이 쉴 새 없이 바뀌고 있다는 것이었다.

감개무량하다는 뜻을 이해하는 순간이었다.

'자, 이제 무얼 해야 할까?'

집으로 돌아왔다는 기쁨도 잠시 난 다시 고민에 빠졌다.

내가 아닌 나의 일부인 염이 집으로 돌아올 수 있을지에 대해선 상상조차 하지 않았기에 생각은 길어질 수밖에 없었다. 그리고 길어진 생각 끝에 내릴 수 있는 결론은 하나밖에 없었다.

과거를 바꿔 인생을 바꿔라!

"한데 어떻게……?"

검지로 휠체어 팔걸이를 톡톡 두드리며 중얼거렸다.

계획은 세웠으나 실행할 방법이 문제였다. 나의 일부인 염이 예전의 나처럼 규칙성 없이 빙의를 한다면 내가 늙어 죽을 때까지 이 몸의 과거를 못 바꿀 가능성도 배제할 수 없었다.

결국 내 계획이 성공하려면 시간과 장소를 내가 선택할 수 있어야 했다.

'과연 가능할까……? 아니, 무조건 가능하게 해야 해!'

지금까지 내가 세운 어떤 계획보다 확실하게 인생을 바꿀 수 있는 기회가 생겼는데 시작부터 부정적인 생각을 하는 건 어리석은 짓이었다.

어떻게 해야 할지에 대해 한참 생각을 하고 있는데 갑자기 당기는 듯한 느낌이 들었다.

빙의가 시작된다는 신호였다.

'안 돼! 끌려갈 수 없어!'

끌려가면 죽기라도 하는 것처럼 당기는 느낌에 맹렬히 대항했다. 그러자 당기는 느낌은 천천히 약해졌고 잠시 후 사라졌다.

'…뭐야, 거부가 가능했어?'

거부가 가능할 것이라곤 생각도 못하고 있었다.

'그러고 보니 내가 염일 때 단 한 번도 거부를 한 적이 없었군.'

살아가는데 필요한 에너지를 얻기 위함도 있었지만 빙의가 내 삶이었고, 살아가는 이유였으니 당연했다.

어쨌든 거부가 가능하다면 나에겐 좋은 일이었다.

이젠 정확한 시간과 장소를 골라 빙의하는 법만 알게 된다면 이 망할 놈의 인생을 바꾸는 건 식은 죽 먹기였다.

'반드시 해내겠어!'

염의 시선으로 시시각각으로 변하는 대한민국을 물끄러미 바라보며 난 각오를 다졌다.

"졸업 축하해요."

졸업식이 끝나고 동기들과 사진을 찍고 있는데 꽃다발을 든 류성은이 나타났다.

"우와! 미인! 누구냐? 새로운 애인?"

"젠장! 나도 사법시험를 합격했어야 하는 건데."

한마디씩 하는 동기들을 뒤로 하고 휠체어를 몰고 류성은에게 다가가 물었다.

"여긴 웬일이에요?"

"웬일이라니요? 서운하게. 애인이 졸업하는데 아무리 바빠도 와야죠."

류성은은 방긋 웃으며 말하면서 눈짓으로 뒤쪽에 감시자가 있음을 알려줬다.

"…고마워요. 사진이라도 찍을까요?"

연기를 한다면 연기로 받아주면 되는 일이었다.

동기들에게 부탁해 사진을 찍은 우리는 곧장 졸업식장을 벗어났다.

"차는 어디 있어요?"

류성은은 확실하게 연인임을 보여주고 싶은 건지 주차장까지 휠체어를 밀어주었고 내 차에 올라탔다.

"졸업식이니 외식을 해야겠죠? 뭐 먹을래요?"

"아무거나요."

"그럼 중식으로 해요. 제가 잘 아는 식당이 있으니 예약할게요."

내비게이션에 주소를 찍은 류성은은 전화를 걸어 식사 예약을 했다.

"한데 조금 피곤해 보이는데 어디 아파요?"

"잠을 좀 못 잤어요."

시도 때도 없이 빙의 신호가 왔고, 잠시만 정신을 놓으면 빙의가 되려고 하니 잠을 거의 잘 수가 없었다. 다행히 며칠 전부터 염을 불러들일 수 있게 되어 그나마 이 정도지, 아니었으면 잠을 못 자 죽을 뻔했다.

물론 그렇게 고생한 대가로 얻은 것도 있었다.

장소의 경우 100퍼센트 내가 가고 싶은 곳으로 갈 수 있는 방법을 알게 되었고, 시간의 경우는 과거나 미래로 결정해 갈 수 있는 방법을 알게 되었다.

내가 원하는 시간대로 정확히는 갈 수 없다는 것은 여전했지만 현 상황만으로도 꽤 고무적인 일이었다.

"어때요? 분위기 괜찮죠?"

"좋군요."

예약한 식당은 꽤나 비싸 보이는 곳으로 별도의 방이 있다는 것이 마음에 들었다.

자리에 앉자 차 주전자가 들어왔고, 한 잔씩 마셨을 때 음식이 들어왔다.

"코스 요리니까 앞에서 너무 많이 먹지 말아요. 뒤에 더 맛있는 게 나오거든요."

류성은은 내 앞 접시에 들어온 요리를 조금 덜어주며 말했다. 감시자도 없는데 진짜 애인처럼 구는 그녀의 모습에 적응이 되지 않았다.

"보는 눈도 없는데 제가 하겠습니다."

"날 위해서 하는 일이에요. 지금부터라도 조금씩 연습하지 않으면 정작 필요할 때 어색할 수밖에 없거든요. 그러니 김철 씨도 연습한다고 생각하고 어색해하지 말아요. 말투도 조심하시고요."

꽤나 꼼꼼한 성격이었다.

틀린 말은 아니었기에 난 고개를 끄덕일 수밖에 없었다.

"음식은 입에 맞아요?"

"맛있군요. 한데 한 가지 물어봐도 될까요?"

"많이 물어봐도 돼요. 서로의 사소한 부분을 아는 것이 더 도움이 될 테니까요."

"그럼 편하게 묻죠. 남성혐오증은 무슨 일 때문에 생긴 겁니까?"

"……."

류성은의 얼굴이 굳어졌다.

그녀도 그것을 아는지 웃음을 지으려고 했다.

하지만 트라우마가 큰지 한참 동안 말을 잇지 못하다 겨우 입을 열었다.

"취미 같은 것을 물을 줄 알았는데……."

"괜한 걸 물었나 보군요. 불편하면 대답하지 않아도 됩니다."

"아니에요. 계약이라고 하지만 알아두는 것이 나중을 위해서라도 좋을 것 같으니 대답하죠."

류성은은 반주로 시켜둔 백주를 한 잔 마시고 이야기를 시작했다.

"초등학교 때 두 번 납치를 당했어요. 그때의 영향으로 한동안 성인 남자만 보기만 해도 두려워서 떨어야 했어요. 날 아기 때부터 귀여워해 주던 집사 아저씨도 못 볼 정도였죠. 그 후로 3년을 넘게 정신과 치료를 받아 성인 남자를 보고도 떨지 않게 되었지만 극도의 남성혐오증을 가지게 되었어요."

"…유감스러운 일이군요."

'안 좋은 일을 겪었으리라곤 생각했지만 설마 납치일 줄이야. 한데 도대체 어떻게 보호했기에……'

재계 서열 20위 안에 들어가는 기업의 자녀인 류성은이 한 번이라면 모를까 두 번이나 납치를 당했다니 이해가 되지 않았다.

만일 내가 류성은의 아버지였다면 한 번 납치를 당한 후엔 군대라도 붙여서 보호를 하려고 했을 것이다.

"아버지는 할 만큼 했어요."

"네?"

"내 얘기를 들은 대부분의 사람들은 아버지가 방치를 해서 납치를 다시 당했다고 생각하죠. 하지만 그건 진실이 아니에요. 총 서른 명의 경호원이 3교대로 24시간 날 보호했어요."

"그런데도 납치를 당했다고요? 범인들이 꽤 많았나 보군요?"

"아뇨, 한 명이었어요. 그 한 명에게 최고라고 하던 10명의 경호원들이 무기력하게 당했죠. 전 경호원들이 모두 쓰러지는 것을 보고 정신을 잃었고, 깨어 보니 허름한 창고 같은 곳이더군요."

"그래서요?"

"납치범은 한참 창고를 서성이더니 날 죽일 생각을 했는지 다가왔어요. 그리곤 이해할 수 없는 소리를 했어요. 나라를 위해서 죽여야 한다면서 미안하다더군요."

과거의 트라우마를 건드린 것에 대한 미안함도 잠시, 어느새 흥미진진한 그녀의 얘기에 집중을 하고 있었다.

"미친놈이군요."

"내가 보기에도 그런 것 같았어요. 돈을 준다고 해도 계속 같은 말만 반복할 뿐이었죠."

어린 류성은 한 번 납치를 당한 경험을 이용해 납치범을 설득하기 위해 노력했다고 했다.

"…설득한다고 들을 사람이 아니라는 걸 알게 된 나는 그대로 죽을 수 없다는 생각에 울면서 살려달라고 빌었어요. 그러자 당장 죽일 것처럼 굴던 그 남자가 주춤거리더군요."

"양심은 있었나 보군요. 그래서 살려주던가요?"

"…모르겠어요. 한참 빌다가 정신을 잃었는데, 눈을 떠 보니 병원이었고 부모님이 옆에 계시더군요."

"그만하기 천만다행이군요. 참! 혹시 생일은 언제죠?"

결말이 다소 허무했다.

뭔가 숨기는 듯한 느낌이 들었지만 묻는다고 답해 줄 것 같지 않았기에 화제를 돌렸다.

제5장

바꾸다

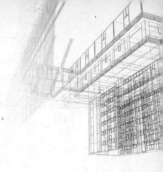

정확한 시간대로 가는 방법을 찾아낸 것은 사법연수원에 들어가 한참 공부를 하고 있을 때였다.

"저, 내일 스터디는 참여 못할 것 같습니다."

스터디 그룹의 리더인 문재상에게 일요일 공부에 참석할 수 없음을 말했다.

문재상은 사법연수원에서 친해진 사람으로 스터디 그룹에서 나이가 가장 많았기도 했지만 성격이 활달하고 모난 구석이 없어 리더를 맡고 있었다.

"헐, 공부 벌레가 웬일이냐? 데이트라도 있는 거냐?"

"그건 아니고……. 가볼 곳이 있어서요."

"에이! 데이트구만. 그때 그 아가씨냐?"

문재상은 다 알고 있다는 표정을 지으며 어깨를 툭 쳤다.

사법연수원에 입소를 한 후 류성은이 한 번 찾아왔었는데 그때 문재상이 그녀를 봤었다.

"네."

아니라고 하면 말이 길어질 것 같았기에 순순히 그렇다고 대답했다.

"착해 보이더라. 잘해줘라. 다른 애들한테는 집에 일이 있어 갔다고 할 테니까 재미있게 놀고 와라."

착해 보인다고?

겉으로 보이는 건 그럴지 몰라도 내가 볼 때는 무척이나 이성적인 여자였다. 내일이라도 내가 필요 없다고 생각된다면 바로 작별을 고할 것이다.

게다가 어릴 때부터 제왕학을 배워서인지 사람의 마음을 꿰뚫어 볼 때가 많았는데, 같이 오래 있다 보면 벌거벗고 있는 듯한 느낌을 받아 피곤했다.

"…그럴게요."

이번에도 순순히 대답하는 걸로 대화를 마무리 짓고 기숙사로 향했다.

룸메이트는 공부를 하고 있는지 방에 없었다.

난 휠체어에서 내려 침대에 몸을 뉘었다. 내일 과거를 바꾸면 어떤 현상이 일어날지 몰랐기에 잠이라도 푹 자둘 생각이었다.

한데 막상 누웠는데 잠이 오질 않았다.

"지긋지긋한 공부와도 작별이구나."

내가 원하는 시간대로 갈 수 있다는 걸 이토록 빨리 알아낼 줄 알았더라면 공부를 하다가 죽는 사람이 생길 정도로 어마

어마한 양을 공부해야 하는 사법연수원에는 결코 오지 않았을 것이다.

김철의 머리가 좋아 책의 내용을 찍다시피 기억할 수 있었기에 망정이지, 아니었다면 염을 가지고 연구를 할 시간조차 없었을 것이다.

"기다려라 민종수! 멀쩡해지면 살아 있는 것이 지옥이라 느끼게 만들어줄 테니까……."

한참을 뒤척거리며 이 생각 저 생각을 하던 나는 어느새 잠이 들었고 눈을 떴을 땐 이미 아침이었다.

룸메이트가 깨지 않게 조용히 침대에서 일어난 난 지갑과 차 키를 챙겨 문을 나섰다.

삐빅! 부릉부릉! 위이이이이잉!

오랫동안 주차장에 방치해 둬 중국발 미세 먼지로 뿌옇게 덮여 있던 차는 다행히도 별다른 이상은 없었다.

차를 타고 내가 향한 곳은 고등학교 3학년 때 민종수 패거리에게 떠밀려 척추를 다친 육교가 있는 곳이었다.

"이곳인가……."

길 한쪽에 비상등을 켠 채 정차를 했고, 차창을 열고 사고가 일어났던 현장인지를 꼼꼼히 살폈다.

주변에 있던 가게들이 바뀌고 육교가 사라지면서 기억속의 장소와는 많이 달랐지만 오래된 스포츠용품점만은 변화 없이 있었기에 제대로 찾아왔음을 확신을 할 수 있었다.

내가 이곳까지 온 이유는 간단했다.

염을 원하는 시간대의 원하는 장소로 보내려면 내가 바로 그 장소에 있어야 했기 때문이었다.

하늘 위의 집에 있는 염을 다시 나에게 돌아오게 만든 후 난 한 가지 의문을 가지게 되었다.

염이 집을 벗어나면 시간은 '현재'가 되는데, 그렇다면 과연 빙의가 되려는 순간 집에서 벗어나면 그때의 시간도 '현재'일까 라는 의문 말이다.

그리고 몇 번의 테스트 끝에 빙의가 되려는 순간 집을 벗어 나면 그때는 다른 시간대이며 그 상태에서 조금만 기다리면 집 에서와 마찬가지로 시간이 흐른다는 것을 알게 되었다.

그리고 또 하나의 중요한 사실은 지상에 가까워질수록 시간 이 천천히 흐른다는 것이었다.

"후우우우~ 시작해 볼까?"

난 깊게 숨을 들이켠 후 천천히 뱉으며 마음을 가다듬었다.

난 염을 만들어내 하늘로 띄웠다.

한국 전역이 보일 정도까지 올라가자 익숙한 느낌과 함께 내 가 지냈던 집에 도착했다.

여기서부터 중요했다.

난 빙의의 순간이 오길 기다렸다. 그리고 당겨지는 느낌이 드 는 순간 몸을 맡겼고 염은 순식간에 빙의 대상에게로 내려갔 다.

'멈춰!'

빙의 대상에게 이르기 전 빙의를 거부했고, 당기는 힘은 서서 히 사라졌다. 그리고 잠시 기다리자 시간이 흐르기 시작했다.

염의 시선으로 보이는 시간의 흐름은 끝이 없는 강처럼 보였는데 과거에서 미래로 흐르는 강은 과거로 갈수록, 혹은 미래로 갈수록 유속이 빨라지고 있었다.

즉 시간의 흐름이 가장 느린 곳은 바로 '현재'였고 '현재'는 내가 있는 곳이었다.

난 염을 내 근처로 오게 만들었다.

'이제 운에 맡기는 수밖에.'

사실 확실하지 않은 한 가지가 있었다.

자아를 잃지 않은 온전한 정신 상태의 사람에게도 빙의가 가능한지 여부였는데, 왠지 모르지만 실패할 거라는 느낌은 전혀 들지 않았다.

난 염을 7년 전쯤으로 생각되는 시간의 흐름에 빠뜨렸다. 정확한 시간에 빠뜨리는 것은 모래사장에서 바늘 찾기만큼 어려운 일이었지만 상관없었다.

'2005년 3월 7일… 거슬러 올라가야겠군.'

염이 시간의 강에 들어가자 시간이 느껴졌고 난 사고가 있었던 2004년 6월 15일로 거슬러 올라갔다.

가고자 하는 날짜를 찾은 난 시간의 흐름에 떠내려가지 않게 염의 몸을 움직이며 '시(時)'를 느끼기 위해 집중을 했다.

사고가 일어난 시각은 하교를 하던 5시쯤, 그 이전으로 가야 하는데 시간의 강에서 시를 느끼는 건 많은 집중을 요했다.

'지금!'

대략 오후 1, 2시쯤이라는 느낌을 받았고 그 시간대에 젖어들길 간절히 바랐다.

지금까지 염의 시선에 보이던 것은 시간의 강과 안개처럼 뿌옇게 흐려진 세상뿐이었다.

한데 시간대에 젖어들기 시작하자 뿌옇던 세상이 차츰 모습을 갖추어 갔고, 곧 도로를 달리는 차들과 지나가는 사람들이 나타나기 시작했다.

2004년 6월 15일 오후 4시 10분.

'누구에게 들어가지?'

육교에서 15미터 정도 높이에서 주변을 두리번거리며 빙의할 대상을 찾았다.

이대로 30초만 지나면 시간대에서 튕겨져 나가버리기 때문에 빨리 결정을 해야 했다.

'경찰차!'

막 육교를 향해 달려오는 경찰차 안에 있는 2명의 경찰이 보였고, 그중 보조석에 앉아 있는 경찰을 향해 몸을 날렸다.

자의적인 빙의는 처음이었기에 무작정 경찰의 머리를 향해 스며들었다.

한데 빙의가 되는 느낌은 없이 겉도는 듯한 느낌이 들었다.

'빙의가 되어라!'

염을 조종하면서 한 가지 알게 된 것이 있다면 간절한 바람이야 말로 큰 힘을 가진다는 것이었다.

예상이 맞았다. 간절히 바라자 서서히 빙의가 되는 느낌이 들었다.

'빨리! 빨리!'

10초도 남지 않은 상황.

서서히 진행되는 빙의에 애가 탔다. 진행되는 와중에 튕길 수도 있었기 때문이었다.

"됐다!"

빙의가 되었다는 기쁨에 소리쳤는데 빙의가 된 경찰의 입에서 말이 터져 나왔다.

"…뭐가 됐다는 말씀입니까?"

"으, 응. 아무것도 아냐."

대충 얼버무리곤 빙의한 경찰의 기억을 읽었다. 한데 그 순간 염이 점점 줄어드는 느낌을 받았다.

'뭐, 뭐지?'

빠르게 들어오던 기억을 끊자 염이 줄어드는 느낌도 사라졌다.

'…설마 소멸되는 거였나?!'

난 눈을 감고 염의 크기를 느끼기 위해 노력했다. 그리고 조금씩 줄어드는 것을 느낄 수 있었다.

'1, 2, 3, 4, 5, …34, 35, 36, …58, 59, 60!'

1분을 헤아리며 얼마나 줄어드는지를 측정하고 대략적인 시간을 계산했다.

'다섯 시간 정도 버틸 수 있는 건가? 기억 잠깐 읽었다고 1시간 분량이 사라지다니……'

사건이 일어나기까지 1시간도 남지 않은 상황이었기에 시간은 넉넉해보였다. 하지만 잠깐 기억을 읽었다고 해서 1시간 분량이 사라졌으니 돌발 상황에 따라 더 줄어들 수 있다는 것까지 감안을 해야 했다.

생각을 정리한 난 눈을 뜨고 정확한 시간을 확인했다. 그리고 운전을 하고 있던 경찰에게 말했다.

"김 순경, 구의 2단지 아파트 쪽으로 차 돌려."

"예? 아, 예. 원래 가던 곳으로 갈까요?"

완전한 기억이 아니었음에도 그가 무슨 말을 하는지 알아들을 수 있었다.

순찰 도중 자주 아파트 후문이나 골목에 주차를 하고 쉬었는데 김 순경은 2단지 아파트 후문으로 가자고 알아들은 것이었다.

마침 그곳이 육교와 가까웠기에 난 고개를 끄덕였다.

"한 바퀴 돌다가 올 테니 넌 여기 지키고 있어라."

그늘진 곳에 주차가 되자 난 바로 차에서 내렸다.

"순찰하실 생각이십니까?"

"응, 피곤할 테니 넌 쉬고 있어."

"제가 어떻게… 같이 가겠습니다!"

"너까지 갈 것 같으면 차 타고 돌지 왜 이곳까지 왔겠냐? 쉬어."

"…옙, 알겠습니다."

김 순경을 차에 머물게 해둔 채 난 육교로 향했다.

4시 45분.

5시쯤 사건이 일어난다고 기억하고 있지만 그건 대략적인 시간이었기에 발걸음을 서둘렀다. 그리고 막 육교가 보이는 골목으로 돌려는 순간 껄렁한 학생들의 목소리가 들려왔다.

"…그러다가 병신이라도 되면 어쩌려고?"

"병신이 되면 어때서? 다음부터는 굳이 손을 쓸 필요가 없잖아."

"씨발, 잘못돼서 소년원이라도 가면 어떻게?"

"아, 그 새끼… 종수가 누군지 몰라서 그래? 지난번 사건도 깔끔했잖아? 안 그냐, 종수야?"

"큭큭큭! 쫄지 마. 울 꼰대가 알아서 다 해줄 테니까. 그리고 실수였다고 하면 크게 문제될 것도 없어."

"…실패하면?"

"오늘만 날이냐? 졸업할 때까진 아직 새털과 같은 날들이 남았다."

몸을 숨긴 채 그들의 얘기를 듣던 나는 피가 거꾸로 치솟는 듯한 기분을 느껴야 했다.

민종수가 주도한 일이겠지만 고등학생들이 계획적으로 사람이 죽든 말든 육교에서 떠밀 생각을 하고 있었다니…….

우연히 만나 우연히 발생한 사고라고 생각하고 있었는데 계획적인 범죄였기 때문이었다.

'저 개새끼들……!'

완전한 계산 착오였다.

오늘만 벗어나면 미래가 바뀔 것이라고 생각했는데, 저들의 말을 짐작컨대 오늘을 바꾼다고 해도 위험에서 벗어날 수 없다는 말이었다.

오늘 사건을 일어나지 않게 함으로써 미래에 아무 일도 일어나지 않을 수도 있지만 미래가 아예 없을 수도 있는 일이었다.

즉 죽을지도 모른다는 것이었다.

'죽여?'

난 옆구리에 차고 있던 총을 만지작거렸다.

쓰레기 같은 놈들을 죽인다고 죄의식이 들 것 같지는 않았다.

툭!

권총집을 풀었다.

한데 막 권총을 집으려는 순간 염이 급속도로 줄어들기 시작했다.

'헉!'

난 머릿속에서 살기를 지우기 위해 노력했다. 그리고 살기를 줄였을 땐 이미 염의 크기가 4분의 3 이상이 날아간 상태였다.

'죽이려고 해서인가? 아님 빙의한 상대를 위험에 빠뜨려서인가? 젠장! 지금 이딴 게 중요한 게 아니잖아!'

쓰레기들을 죽일 수 없다면 지금으로써는 둘 중에 하나를 선택해야 했다.

인생을 바꾸느냐 마느냐.

내버려 둔다면 바뀌는 것 없이 지금처럼 살면서 새로운 기회를 엿보면 되는 일이었기에 딱히 손해 볼 것은 없었다.

'죽지만 않는다면……'

과거를 바꿨을 때 가장 걱정되는 건 사고가 일어나 죽어버리는 것이었다. 과거의 김철이 죽는다면 나의 존재 자체가 사라질 수도 있다는 두려움 때문이었다.

물론 김철이 존재하지 않음으로 염으로 돌아갈 수도 있는 일이었지만 말이다.

"어! 김철 새끼, 저기 온다!"

드디어 때가 되었다.

민종수 패거리들이 육교를 향해 움직이자 난 더 이상 결정을 미루고만 있을 순 없었다.

'못 먹어도 고다!'

결정을 내리고 나 역시 육교로 몸을 날렸다.

*　　　　*　　　　*

"여어~ 김철, 어딜 그리 급하게 가냐?"

"어, 어? 지, 집에……."

"새끼, 우리가 잡아먹냐?"

"왜, 왜 이래?"

"우리가 뭐? 학교 친구끼리 얘기나 좀 하자는데 그게 이상해?"

패거리 중 한 명이 김철에게 어깨동무를 하며 슬슬 계단 쪽으로 향하고 있었다.

어느 누구도 뒤에서 조심스레 접근하고 있는 나를 본 사람은 없었다.

기억 속 당했던 모습을 삼자의 눈으로 보고 있자니 기분이 묘했지만 곧 굴러 떨어질 순간이었기에 나서야 했다.

"…학생들, 거기서 뭐해?"

욕이 튀어나오려는 걸 꾹 참고 경찰처럼 행동하기 위해 노력했다.

"설마 거기 있는 학생을 계단으로 떠밀려고 하는 건 아니겠지?"

"네? 아, 아뇨."

"근데 왜 어깨동무를 하고 계속 계단 쪽으로 가?"

내가 다가가자 어깨동무를 하고 있던 학생은 화들짝 놀라며 물러났고 민종수와 나머지들도 주춤거리며 뒤로 물러나며 거리를 벌였다.

"너희들 구의고등학교 학생들이지? 조만간……."

후다닥!

협박이라도 해둘 생각으로 입을 열었는데 민종수가 계단으로 뛰어 내려갔고, 나머지들도 허겁지겁 도망치기 시작했다.

쫓아가서 한마디 해주고 싶었지만 과거의 나인 김철에게 경고를 해주는 게 우선이었다.

한네 막 김철을 바라보며 입을 열려는 순간 염의 시선이 사라졌다.

"……!"

집에서 염의 시선으로 과거를 보고 있던 난 갑자기 몰려오는 기억에 머리를 감싸 쥐었다.

제정신을 차려 어리둥절해하는 경찰에게 감사하다고 말한 후 하교를 하는 순간부터 현재까지, 수년의 삶을 순간적으로 사는 느낌을 받았다.

그와 함께 과거를 바꾸기 전의 삶의 공간이 사라지면서 이제는 현재가 된 삶의 공간이 생성되었다.

그 모습이 꽤나 괴이하면서도 신비로웠지만 점점 눕혀지는 몸과 후각을 자극하는 병원 냄새에 바뀐 현재의 삶을 알 수 있었다.

"좆 됐다……."

바뀐 삶에서도 민종수는 집요하게 날 괴롭혔고, 결국 육교가 아닌 학교 옥상에서 밀어버리는 극악무도한 짓을 저질렀다.

목숨은 건졌지만 전신 마비.

누워서 살아가야 하는 처지가 되었다.

＊   ＊   ＊

김철이 되면서 참으로 많은 감정들을 배우고 있는데 이번에는 '절망'이라는 감정을 뼈저리게 느끼고 있는 중이었다.

움쩍달싹도 하지 못하는 전신 마비가 되었다는 것도 고통스럽지만 무엇보다도 날 절망에 이르게 한 것은 염이 전혀 만들어지지 않는다는 것이었다.

눈을 돌리는 걸 제외하곤 아무것도 못하니 염에 대한 생각뿐이었다.

'이토록 간절히 바라는데 왜 만들어지지 않는 거지?'

오늘도 마찬가지로 침대에 누워 염에 대한 생각으로 하루를 시작했다.

벌써 한 달 가까이 되어가지만 꿈쩍도 안하는 염.

'에이, 몰라!'

한 시간도 지나지 않아 염에 대한 생각을 포기했다. 물론 또 한 시간이 지나면 염에 매달리게 될 것이 분명했지만 말이다.

지금 난 어느 정도 포기를 하고 있으면서도 포기를 하지 못하는 아이러니한 상황에 처해있었다.

한 마디로 얘기하자면 멘붕이었다.

"…날씨 한번 더럽게 좋군."

창밖의 하늘을 보며 중얼거렸다.

눈이 아플 정도로 밖을 보고 있는데 병실 문이 열리며 누군가 들어오는 소리가 들렸다.

현재 내가 있는 병실은 6인실로 나를 포함해 5명의 환자가 있었다. 셋은 코마 상태였고, 나머지 한 명은 나와 비슷한 전신마비 환자였는데 입까지 마비가 되었는지 말하는 걸 들어본 적이 없었다.

"별일 없었니?"

들어온 사람은 큰아버지였다.

"차라리 무슨 일이라도 있었으면 좋겠군요. 한데 또 왜 오셨어요? 제가 안 오셔도 된다고 말씀드렸잖아요."

내 과거가 바뀌면서 다른 사람들의 미래도 바뀌었다.

아버지는 마음고생 때문에 1년 먼저 돌아가셨고, 큰아버지 김장성은 아버지의 유언 때문인지 일주일에 이틀은 병실에서 머물면서 목욕이나 산책을 시켜주셨다.

"녀석 하곤……."

큰아버지는 내 말은 신경도 쓰지 않고 들고 온 물건을 냉장고에 넣었다.

병실에만 8년 넘게 누워 지내다 보니 김철은 온전한 정신이 아니었다. 그래서 자주 큰아버지에게 꺼지라고 소리쳤는데 그런 경험 때문인지 내 말을 귓등으로도 안 들었다.

내가 기분이 좋지 않다고 생각해서일까. 큰아버지는 냉장고를 정리하곤 약간 떨어진 곳에 앉아 노트를 꺼내더니 뭔가를 정리하고 있었다.

사각사각!

연필로 뭔가를 적는 소리만 병실을 채웠다.

"…뭘 그리 적으시는 거예요?"

"으, 응? 아, 이거? 집안 족보를 새로 만들어 둘까 싶어서."

결혼하지 않은 큰아버지와 전신 마비인 나만 남았는데 무슨 족보냐고 말하고 싶었지만 예전—과거를 바꾸기 전—에도 비슷한 말로 상처를 준 적이 있었기에 입만 달싹이다 닫았다.

하지만 긴 침묵이 이어지자 난 심심함을 참지 못한 입을 열었다.

"저희 집안에 유명한 위인이 계셨어요?"

내가 알고 있는 것이라고 한양 김씨 봉수공파 20대 손이며 대대로 손이 귀하고 몸이 약했다는 정도였다.

"글쎄? 이순신 장군이나 율곡 이이 같은 분을 말하는 거라면 안 계셨지. 시조께서 무슨 일을 겪으셨는지 모르지만 절대로 입조하지 말라는 유훈을 남기셨고, 지금까지 잘 지켜지고 있는 셈이지."

"큰아버지께서 사법시험을 보지 않으신 것도 유훈 때문이었습니까?"

"…아니."

"그럼 왜?"

지금이야 판검사의 위상이 다소 낮아졌다고 하지만 큰아버지 때의 판검사는 권력자라고 불릴 만큼 큰 힘을 가지는 직업이었다.

　"후후……. 문득 공부를 잘해 남들이 부러워할 만한 직업을 가지는 것보다 건강하게 오래 사는 것이 더 낫지 않을까 하는 생각이 들더구나. 너도 알다시피 우리 집안의 남자들은 대대로 단명을 했잖느냐."

　집안 어른들 중 가장 오래 사셨다는 할아버지께서 환갑을 넘기지 못하시고 돌아가셨으니 충분히 그렇게 생각할 수 있는 일이었다.

　큰아버지는 시선을 창밖으로 돌린 채 회한이 가득한 표정으로 말을 이었다.

　"네 아버지가 있었으니 굳이 내가 대를 이어야 할 필요가 없다고 생각한 난 후손들을 위해서라도 단명이라는 저주에서 벗어나게 하고 싶었다. 그래서 네 할머니의 반대에도 불구하고 공부를 때려치웠지."

　"단명의 원인을 찾으셨습니까?"

　"이름난 한의사가 말하길 우리 집안은 맥(脈)과 기(氣)가 일반인에 비해 많이 약하다고 하더구나. 그래서 맥과 기를 강하게 하는 법을 찾아 헤맸다."

　"큰아버지를 보니 찾으셨나 보군요?"

　큰아버지는 오랫동안 움직이지 못해 삐쩍 말랐다곤 하지만 날 손쉽게 들어 목욕을 시킬 만큼 건강하셨다.

　"오래전에 찾긴 했다만 수련법이 맞는지는 확신을 못하고 있단다. 공기 좋은 곳에서 지내서 이렇게 살아 있는 것일 수도 있으니 말이다."

"지금이라도 늦지 않으셨어요. 적당한 여자 분을 찾아 결혼하셔서……."

"불가능하단다. 11년 전에 산에서 수련을 하다가 큰 사고가 일어났고 아이를 가질 수 없는 몸이 되었거든. 후후후……."

"……."

참 기구한 집안이었다.

위로의 말이라도 하고 싶었지만 내 처지에 위로하는 것도 우스웠기에 쓴 웃음만 지을 수밖에 없었다.

"죄송해요. 그리고… 감사합니다."

큰아버지에게 소리치고 짜증을 부렸던 것에 대해 사과를 했다. 그리고 버려둔다고 해도 누가 뭐라고 할 사람이 없음에도 내 곁에 머물면서 궂은일을 마다하지 않는 그의 희생에 감사했다.

"아니다. 그리고 아직까지 포기해서는 안 돼. 의사 선생님께서도 의지에 따라 움직일 수 있다고 했잖아."

"…네."

희망고문일 뿐이었다.

다만 겨우 큰아버지와 거리를 좁혔는데 그 분위기를 깨뜨리기 싫어 그러겠노라고 대답한 것이었다.

"실례합니다."

큰아버지는 다시 족보에 관한 일을, 난 염을 불러내기 위해 노력을 하는데 어제 내 물리치료를 도왔던 치료사가 들어왔다.

"…손님이 계셨네요? 나중에 다시 올까요?"

물리치료사가 쭈뼛거리자 큰아버지가 나섰다.

"무슨 일인데요?"

"저, 그게, 김철 씨가 장기 기증을 한다고 해서……"

"…정말이냐?"

큰아버지는 굳은 표정으로 물었다.

"살아 있을 때 하는 것도 아닌데요. 이리 오세요. 녹음기는 가지고 오셨죠?"

"네네."

어제 물리치료 도중 우연히 장기 기증에 대한 얘기가 나왔고 멘붕 중이던 난 순순히 허락을 했다.

물리치료사가 녹음기를 켜는 것을 본 난 장기 기증을 의사를 밝혔다.

"현재 시각 2011년 5월 28일 오전 10시 10분. 나, 김철은 죽거나 코마 상태에 처하면 장기 기증을 하겠습니다. 됐나요?"

"네, 서류의 내용을 읽어드릴 테니 듣고 대답을 해주세요."

"그러죠."

물리치료사는 서류를 읽어주었고 난 질문이 나올 때마다 대답을 했다.

"이로서 모든 것이 완료됐습니다. 도너를 기다리는 많은 환자를 대신해 감사드립니다."

"별말씀……!"

장기 기증에 관한 서류작업이 모두 끝나고 물리치료사에게 감사의 인사를 받을 때였다. 몸속에서 익숙한 기운이 차오르기 시작했고 그 기운을 느낀 난 놀라움에 말을 잇지 못했다.

"도대체 무슨 생각으로 장기 기증을 했는지 몰라도……."

"큰아버지, 잠시만요!"

물리치료사가 가자 큰아버지께서 뭔가를 말하려고 했지만 난 그의 말을 끊고 정신을 집중했다.

쑤욱!

'나왔다!'

축구공보다 조금 작은 염이 위로 솟아오르는 순간 눈물이 와락 쏟아질 것 같았다. 아니, 하나의 시선이 급격하게 흐려지는 것이 이미 울고 있었다.

감격이라는 단어의 의미를 알 수 있는 날이었다.

*   *   *

거의 두 달이라는 시간이 지났다.

그동안 난 내 몸에서 일어나는 현상들을 파악해 염에 대해 3가지 사실을 알게 되었고, 몇 가지 가정을 세울 수 있었다.

3가지 사실을 나열해보면 이랬다.

하나, 에너지체인 염은 소모성이다.

둘, 한 달이 지나면 12분의 1의 에너지가 자연 생성된다. 즉, 1년이 지나면 다시 염을 사용할 수 있다.

셋, 선행을 하면 선행의 정도에 따라 일정량의 에너지가 생겨난다.

그동안 2가지의 선행—장기 기증과 간호사에게 법률적 자문을 함—을 했고, 1번은 9개월 치의 에너지를, 다른 1번은 보름 정도의 에너지를 얻었다.

"기분이 좋아 보이는구나?"

가위로 덥수룩한 머리카락을 잘라주던 큰아버지께서 물었다.

"헤헤! 그럴 일이 있거든요."

3일 후, 완벽한 염이 만들어진다면 이 생활도 끝이었다. 물론 어떻게 될지는 하늘만 아는 일이었지만 지금보다 더 나빠질 일은 없을 것이라는 게 내 생각이었다.

"다행이구나. 오늘 집에 갔다 올 생각인데 뭐 필요한 건 없니?"

"이제 없어요."

이번엔 아주 먼 과거로 가서 현재를 바꿔볼 생각이었다. 약한 몸 때문에 민종수에게 당할 수밖에 없다면 강하게 태어나게 만들면 되는 일이었다.

그래서 두 달간 큰아버지에게 과거를 바꾸기 위해 필요한 것들을 알아냈다.

"시들해진 게냐? 하긴 이제 갖다 줄 것도 몇 개 없다… 앗!"

"왜요?"

"미, 미안하다. 말하다가 실수로 머리를 너무 짧게 잘랐구나."

"괜찮아요. 어차피 나돌아 다닐 일도 없는데요, 뭐. 그냥 박박 밀어 버리셔도 돼요."

"그럴 수야 없지. 아! 박박 민다니까 너 어렸을 때 기억하니? 여기쯤이었던 것 같은데……."

큰아버지는 머리카락을 휘저으며 뭔가를 찾으려 했고 난 기억에 없었기에 의문을 표했다.

"무슨 일인데요?"

"기억 안 나니? 하긴 어릴 때라 기억에 안 나겠구나. 할아버지께서 어느 날 갑자기 널 데리고 밖에 나가서서 네 머리에 문신을 새기고 오셨단다."

"에?"

"순하디 순한 네 아버지가 화를 낸 건 그날이 처음이었지. 여기 있구나."

큰아버지는 문신을 찾았는지 손가락으로 문신의 모양대로 따라 그렸다.

문득 내가 김철의 몸에 머물게 된 것이 두피에 새겨진 문신 때문이 아닐까 하는 생각이 들었다.

"…할아버지께서 왜 그러셨대요?"

"글쎄다. 이상한 건 당신께서 하시고도 전혀 기억을 못하시더구나."

"……!"

"그 때문에 난리도 아니었다. 네 아빠는 너랑 할아버지를 모시고 병원으로 달려가……."

큰아버지께서 설명을 덧붙였지만 다른 생각을 하느라 내 귀엔 더 이상 들리지 않았다.

'빙의가 분명해. 설마 나랑 같은 존재가 더 있는 건가?'

갖가지 생각이 맴돌았지만 딱히 '이거다' 하고 결론을 내릴 순 없었다.

'어떤 문신을 새겼는지 알아 둬야겠군.'

정말 문신 때문에 내가 갇힌 것이라면 빠져나가는 방법 또한 있을 수 있었고, 혹 빠져나간다면 나중에 다른 사람에게 들어갈 수도 있었기에 반드시 알아 두어야 했다.

"큰아버지, 머리를 박박 밀어 문신을 찍어주실 수 있으세요?"

"…굳이 그럴 필요가 있니?"

"꼭 필요해요."

"휴우~ 요즘 네가 무슨 생각을 하는지 모르겠구나. 이발기를 빌려오마."

큰아버지는 이해할 수 없다는 듯 고개를 절레절레 흔들었지만 내 고집을 꺾진 않으셨다.

제6장

제대로 바꾸다

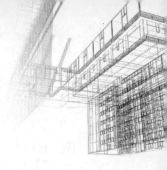

영조 23년(1747) 6월 9일 오후 8시.

소가 누워 있는 형상을 닮았다고 해서 지어진 우면산을 내려오던 인형이 문득 걸음을 멈췄다. 그리고 잠시 후 이 시대와는 어울리지 않는 말을 뱉었다.

"젠장! 몸이 병원에 있다 보니 시간과 장소를 정확하게 맞추기가 쉽지 않네. 그나저나 여긴 어디지?"

스님에게 빙의를 한 난 하늘과 주위를 훑어보며 현재 위치를 파악하고자 노력했다.

기억을 읽는다면 정확한 위치를 알 수 있겠지만 현재로서는 염의 에너지를 최대한 아껴야 했다.

"우면산인가?"

전국을 돌며 여행 다닐 때 서울 역시 돌아다녔기에 내비게이

선 없이 원하는 곳에 갈 수 있을 만큼 지리를 잘 알고 있었다. 게다가 어렴풋하지만 염의 기억이 더해지자 위치를 금세 파악할 수 있었다.

"일단 가볼까."

위치를 파악한 이상 어두워 길이 잘 보이지 않는다는 점을 뺀다면 거칠 것이 없었다.

우면산을 내려와 서쪽으로 조금 걷자 마을이 나왔다.

언젠가 본 민속촌보다 더 초라한 곳이었지만 워낙 인적 드문 곳을 걸어와서인지 사람이 보이는 것만으로도 묘한 안도감이 생겼다.

대략적인 위치를 안다고 하지만 현 시대에 사는 사람만큼 알 수는 없는 법.

마침 어디론가 향해 가는 양민에게 다가가 물었다.

"실례합니다. 혹시 김 진사 댁으로 가려면 어느 쪽으로 가야 하는지 알 수 있겠습니까?"

"아! 스님. 나무아미타불 관세음보살."

"나, 나무아미타불."

기억을 읽지 않아서인지 스님이라는 자각이 없던 난 재빨리 합장하며 말했다.

"이 길을 따라 조금만 가시다 보면 사당이 고개가 나올 겁니다요. 그 고개를 넘으면 넓은 뽕밭이 나올 텐데, 거기서 오른쪽 길로 조금만 가면 김 진사 어르신 댁이 나올 겁니다요."

"고맙습니다."

감사를 표한 후 양민이 말해준 방향으로 걸음을 옮겼다.

"헐, 조금만이 도대체 어느 정도의 거리를 말하는 거야?"

조금만 걸으면 있을 거라던 고개는 한참을 걸었는데도 보이지 않았다. 그리고 15분쯤 더 걸어 등이 땀으로 젖을 때 비로소 사당이 고개로 보이는 곳이 나타났다.

"스님, 이리 와서 목이나 축이시고 같이 넘으시죠?"

고개가 시작되는 곳에 봇짐을 한쪽에 내려놓고 쉬고 있던 상인들 중 한 명이 말했다.

"…좋지요."

안 그래도 목이 마르든 참이었기에 사양하지 않고 대나무 물통을 받아 들이켰다.

"카아~ 잘 마셨소이다."

"허허허! 마치 곡차처럼 맛있게 드시는군요."

"곡차가 아니었습니까? 너무 시원하고 달콤해 전 곡차인 줄 알았습니다."

옆에 있던 나이 지긋한 상인이 농을 걸어왔고 나 역시 농으로 답했다.

이왕 같이 고개를 넘기로 한 거 기분 좋게 넘는 것이 좋다는 생각에서였다.

"허허허! 어느 사찰에서 수도를 하시는지 모르지만 재미있으신 분이군요. 괜찮으시다면 주먹밥이라도 드시겠습니까?"

"도끼나물(육류)이 든 것이라면 사양하겠습니다."

"헛헛헛! 유쾌한 분이시군요."

꽁보리밥에 소금이 약간 든 주먹밥이었지만 몇 달간 물과 영양제만 맞고 살아서인지, 아님 빙의한 스님이 한동안 굶어서인지 꽤 맛있었다.

주먹밥을 먹고 나자 잠시 후 보부상들이 일어났고 같이 고개를 오르기 시작했다.

"스님께서도 한양에 가시는 겁니까?"

"발 닿는 데로 다니고 있습니다."

"저희는 고개 너머 마을에서 쉬었다가 내일 일찍 움직일 생각입니다. 머물 곳이 없다면 저희랑 같이 보내시지요?"

"말씀만이라도 고맙습니다. 하지만 오늘은 김 진사 댁에서 하루 신세 질 생각입니다."

"아! 김 진사라면 이 지역 지주로 계신 분 말씀이군요? 현재 우리가 밟고 있는 이 고개도 그분의 땅일 겁니다. 인망이 두터운 분이죠. 올해 보릿고개 때도 일대에 많은 곡식을 풀었다 들었습니다."

"그렇습니까?"

"네, 예전에 객점에 자리가 없어 곤란할 때 저도 그 댁에서 신세진 적이 있었습죠."

큰아버지께서 집안 조상들이 일대에서 꽤 덕망이 높았다고 말했을 때는 긴가민가했는데 사실이었나 보다.

'그럼, 뭐해? 후손들은 찌질하게 살고 있는데……'

조선 시대에는 말을 타고 달려도 될 정도로 많은 땅을 가지고 있었지만 일제 치하에 증조할아버지께서 독립운동 자금을 댄다고 다 팔아먹어 현재는 남은 것이 거의 없었다.

게다가 비밀리에 독립군에게 전달하다 보니 기록상으로 남겨진 것도 없어 유공자로서 혜택도 보지 못하고 있는 상황이었다.

물론 염일 땐 필요가 없었고 반신불구일 땐 아버지가 남겨주신 재산이 어느 정도 있었으니 딱히 돈에 대해 생각을 해본 적이 없었다.

하지만 얼마 전 병실 밖에서 큰아버지와 의사가 하는 얘기를 듣고 돈에 대해 다시 생각하게 되었다.

병원비가 밀렸는지 의사는 병원에서 나가달라고 했고, 큰아버지는 가족묘 터가 팔릴 때까지만 기다려 달라고 매달렸었다.

염을 이용해 인생을 바꿀 수 있다는 희망이 없었다면 그날부로 혀를 깨물었을지도 몰랐다.

보부상들과 얘기를 하며 걸어서인지 고개는 금세 넘을 수 있었고, 그들과 헤어질 시간이 왔다.

"이 길을 따라 4리쯤 가다 보면 오른쪽에 커다란 저택이 보일 겁니다. 거기가 김 진사 댁이니 조심히 살펴 가십시오, 스님."

"모두 건강히 가족에게 돌아가길 부처님께 빌겠습니다. 아미타불!"

짧은 인연이었기에 헤어짐도 짧게 끝났다.

구름 사이에 숨어 있던 달이 서서히 고개를 내밀 때쯤 목적지에 도착할 수 있었다.

'보부상이 올해가 이금이 임금이 된 지(영조) 23년이라고 했으니 1747년이다. 그렇다면… 10대조 할아버지가 3년 전에 돌아가시고 지금은 11대조인 김영훈이 가주로 있겠군.'

대문 앞에 선 채 잠시 생각을 정리한 난 문을 가볍게 두드리며 나지막이 외쳤다.

"실례합니다."

"…뉘십니까?"

외치고 잠시 기다리자 대문 옆에 있던 행랑방에서 누군가가 나와 물었다.

"지나가던 객인데 하룻밤 기거할 수 있겠습니까?"

끼이이익!

조용한 밤이라 나무 대문 열리는 소리가 유독 크게 들렸다.

"…스님이셨군요. 안채에 여쭙고 오겠으니 잠시만 기다려주십시오."

"그러게나."

노비로 보였기에 말을 놓았다.

대문이 닫히고 잠시 기다리자 문이 활짝 열렸고 청지기로 보이는 사내가 사랑채로 안내를 했다.

"진사 어른, 모시고 왔습니다요."

청지기의 말에 사랑채의 문이 열렸고 20대 중반 정도 되어 보이는 청년이 마루로 나왔다.

선조라는 것을 알고 있어서일까? 왠지 모르게 큰아버지의 얼굴과 비슷했다.

"늦은 밤임에도 기거를 허해줘서 고맙습니다. 나무아미타불 관세음보살!"

난 예를 표하며 본격적인 연극을 준비했다.

*　　　　　*　　　　　*

"별말씀을요. 먼 길을 오신 것 같은데 며칠이고 편안하게 지내시며 세상 돌아가는 얘기나 들려주십시오."

김영훈은 그의 할아버지와 아버지가 과객들에게 대했듯이 스님을 맞이했다.

그리고 청지기에게 지시를 내렸다.

"이 서방."

"예, 진사어른."

"스님이 씻으실 곳과 지내실 곳을 안내해 드리게. 그리고 부엌에 일러 드실 만한 것으로 준비하게 이르고."

"분부대로 하겠습니다."

"괜찮으시다면 저랑 야화(夜話)를 나누시며 밤참을 드시는 것이 어떠십니까?"

"마다할 이유가 없지요. 한데 잠시만 집 안을 둘러봐도 되겠습니까?"

살짝 인상을 찌푸린 채 집안을 두리번거리는 스님을 보는 김영훈의 인상도 살짝 찌푸려졌다 펴졌다.

'쯧! 땡중인가?'

지나가는 객들을 받다 보면 별의별 사람이 다 있게 마련이었다.

몇 달씩 머물며 밥만 축내는 사람이 있는가 하면, 어떻게 몇 푼이라도 받아 볼까 사기를 치려는 사람들도 있었다.

"천천히 둘러보시고 좋지 않은 것이 있다면 말해 주십시오."

간만에 찾아온 객이 사기꾼이라는 것이 마음에 들지 않았지만 그들을 상대하는 법은 충분히 알고 있었다.

대청마루에 상이 차려지고 조금 기다리자 깔끔하게 씻고 옷
을 갈아입은 스님이 왔다.

김영훈은 맞은편 자리를 권하며 예의상 말을 했다.

"서둘러 준비하다 보니 다소 부족합니다."

"그저 밥에 간장이면 족하거늘 신경 써 주셔서 감사합니다."

"자자. 앉으십시오. 식사를 하시면서 세상 돌아가는 얘기나
좀 해주십시오. 한동안 바깥출입을 하지 않다 보니 무척 궁금
하군요."

아까 집을 살핀다고 한 것에 대해선 묻지 않았다. 분명 시중
에 떠도는 이야기들을 꺼내다가 은근슬쩍 꺼낼 것이 분명했기
때문이었다.

한데 김영훈의 예상은 시작부터 깨졌다.

"하긴 삼년상을 마친지 얼마 되지 않으셨으니 그렇겠군요.
한데 저 역시 산에만 있어서 별로 아는 것이 없습니다."

2개월 전에야 선친의 삼년상을 마쳤다.

물론 특별한 비밀이 아니었고, 일대 지주이다 보니 더러 아
는 사람이 있었다.

'꽤 철저히 준비했나 보군.'

의심을 지우지 않고 들어나 보자는 생각에 말을 이었다.

"…선친과 친분이 있으셨습니까?"

"전혀요. 그저… 남들이 못 보는 걸 볼 수 있죠."

"하하! 저희 집안에서 어떤 것을 봤는지 겁이 나면서도 궁금
해지는군요."

"언짢게 듣진 말아주십시오. 도움이 되었으면 하고 말씀드리

는 것이니까요."

"편하게 말씀하십시오. 간혹 못된 귀신이 있다고 굿을 해야 한다는 사람도 있었고, 묘를 잘못 썼다고 이장을 해야 한다는 사람도 있었으니까요."

"으음~ 절 사기꾼으로 의심하고 계시는군요? 하지만 상관없습니다. 제가 시주께 바라는 것이 아무것도 없거든요."

앞에 놓인 부추전을 집어먹으며 단도직입적으로 말하는 스님을 보며 김영훈은 눈을 살짝 좁혔다.

'처음 보는 류(類)군. 진짜인가?'

김영훈의 부친은 살아생전 객이 오면 김영훈 자신도 항상 같이 자리하게 했었다.

그리고 자리가 끝나면 그 사람에 대해 어떻게 생각하는지 물어보고 당신이 생각하는 바를 말해 줬었다.

부친의 그런 교육 때문에 나이에 비해 어느 누구보다도 사람을 잘 파악한다고 생각했었는데 앞에 있는 사람에 대해서는 파악하기가 쉽지 않았다.

"의심이라니요. 말씀하십시오. 판단은 제가 알아서 하겠습니다."

"그럼 말씀드리죠. 아마 한양 김씨 집안은 조상 대대로 몸이 약해 단명을 했을 겁니다."

"……"

"하지만 그게 끝이 아닙니다. 앞에 계신 분과 영식인 김철기 도련님도 마찬가지일 테고, 후손들도 대대로 몸이 약할 겁니다. 그리고 마침내 한양 김씨는 사라지게 될 겁니다."

단연코 지금까지 들었던 기분 나쁜 소리 중에 으뜸이었다. 조상은 욕되게 하는 것은 물론이거니와 후손들까지 싸잡아 빨리 죽을 거라는 악담이지 않는가.

'부적이나 굿 나부랭이로 고칠 수 있다고 말한다면 장담컨대 네놈 발로 이 집을 벗어나진 못할 것이다.'

당장에라도 머슴들을 시켜 혼쭐을 내어 내쫓고 싶었지만 초인적인 인내력으로 참았다. 그리고 몇 번이고 어금니를 악물며 겨우 입을 열었다.

"…확신을 하는 것 같은데 그렇다면 그런 저주에서 벗어나는 방법은 무엇이 있겠습니까?"

"맥과 기가 약하기 때문에 호흡법과 운동이 병행되어야 합니다."

"네?"

예상과는 전혀 다른 말에 반문을 할 수밖에 없었다.

"어린 시절부터 꾸준히 기를 모을 수 있는 호흡법과 체력을 길러주는 운동을 하면 저주 같은 단명에서 벗어날 수 있을 겁니다."

"그, 그렇습니까? 한데 그런 호흡법을 어디서 구할 수 있답니까?"

"제가 가르쳐 드리겠습니다. 값은……."

드디어 속내를 드러낸다고 생각하는 순간 스님은 말을 이었고, 더 이상의 의심은 접어야 했다.

"지금 먹는 밤참으로 대신하겠습니다."

*   *   *

큰아버지에게 배웠던 호흡법을 구술했고, 김영훈은 일일이 받아 적었다.

"아침저녁으로 꼭 하십시오. 그리고 별도의 운동을 꼭 시키십시오."

"반드시 그렇게 하도록 하겠습니다."

"그리고 잠시 후 제가 방금 한 일을 기억하지 못한다고 해도 이상하게 생각 마십시오."

"그게 무슨……?"

"끝으로 후손들에게 땅 좀……."

후손들을 위해 땅 좀 팔지 말라고 하고 싶었지만 바뀐 과거로 인해 현재가 변화하기 시작했기에 더 이상 말을 이을 수 없었다.

염의 시선이 사라졌다.

동시에 아주 어린 시절의 기억부터 시작해 현재까지의 기억들이 밀려들었다.

'성공했구나!'

빠르게 들어오는 기억 중엔 호흡법을 배우고 아침저녁으로 수련을 하는 장면들이 많았다.

공간의 변화도 시작되었다.

새하얗고 넓은 병실에서 화려하지만 다소 어두운 좁은 공간으로 바뀌어갔다.

'망할! 여전히 전신 마비인가?'

모든 것이 바뀌고 있는데 자세는 전혀 바뀌지 않고 있었다.

"하아~ 악!"

밀려드는 기억과 공간의 변화가 끝이 났을 때 나는 하체에서 올라오는 아주 익숙하고 짜릿한 전율에 쾌락의 신음을 토해냈다.

쩌릿쩌릿한 전율로 새롭게 시작된 인생.

전율이 무엇을 의미하는지 알고 있었지만 눈으로 확인을 해야 했기에 쾌락에 뜨기 싫은 눈을 떴다.

"……"

벌거벗은 가슴 위에 가늘고 긴 손가락이 놓여 있었고, 연신 나를 자극하기 위해 움직이고 있었다. 그리고 가슴에서 좀 더 아래로 시선을 돌리자 긴 머리에 가려져 얼굴이 보이지 않는 여자의 고개가 거칠게 흔들리고 있었다.

'…생각을 할 수가 없게 만드는군. 에이, 몰라! 일단 끝이나 보자.'

시작하기 전이라면 모를까 이미 달아오를 만큼 달아오른 상황에서 멈추기는 불가능했다. 그리고 이럴 땐 차라리 생각 없이 몸을 맡기는 것이 더 좋았다.

"학……!"

뜨거운 무언가가 빠져나가며 쾌락을 최고조에 이르게 했고, 잠시 후 기분 좋은 나른함이 온몸을 감쌌다.

쾌락의 폭풍이 끝나자 바뀐 인생에 대해서 서서히 인지할 수 있었다.

'…크! 이놈의 집안은 도무지 중간이 없군.'

내가 원하는 대로 지금의 난 아주 건강한 몸을 가지게 되었다.

아주 어린 시절부터 호흡법은 물론이고 가전 무술—몇 대조부터 생긴 건지 모르지만—까지 배웠고, 매일같이 실전에 가까운 대련을 하며 자라다 보니 약하려야 약할 수가 없었다.

문제는 집안 전체가 너무 건강 위주라는 것이었다.

바뀌기 전에 삶에선 독립운동 자금을 대주는 걸로 독립을 염원하셨던 증조할아버지는 직접 만주벌판을 누비다 돌아가셨고, 학자였던 할아버지는 군인으로 베트남 전쟁에 참여하였다가 돌아가셨다.

거기에 평범한 회사원이었던 아버지는 꽤 이름난 건달로 사셨는데, 7년 전 주먹 세계에서 은퇴하고 작은 사업체를 운영하다가 한 달 전에 교통사고로 돌아가셨다.

'오래 살라고 호흡법을 가르쳐 준 의미가 없잖아!'

몇 년씩은 더 사셨지만 여전히 장수를 한 사람이 없다는 것이 아이러니였다.

소가 여물을 되씹듯이 새로운 기억을 되씹어보던 난 또다시 아래로부터 올라오는 묘한 전율에 생각을 멈춰야 했다.

"야! 그만해라."

난 상체를 세우며 여전히 하체에서 고개 운동을 하고 있는 여자의 어깨를 밀었다.

"…내가 올라갈까?"

반쯤 헐벗은 미나는 팬티를 벗으며 성난 하체로 올라오려 했다.

"됐어. 그만해. 누구 죽일 작정이냐?"

조금 전에 느꼈던 최고조의 쾌락이 오늘만 벌써 3번째였다는 걸 기억해낸 난 계속 엉켜 붙으려는 여자를 거부했다.

"누가 누굴 죽인다고 그래? 진짜 끝내려고? 밖에 체리도 기다리고 있는데?"

"…머리가 복잡해서."

너무 많이 바뀌다 보니 기억이 바로바로 떠오르지 않았다. 마치 어둠 속에서 스위치를 찾듯이 기억을 더듬고 나서야 현 상황을 정확히 파악할 수 있었다.

'미친……! 말이냐?'

체력이 얼마나 좋은지 하룻밤에 서너 번은 기본이고, 여자가 지치면 다른 여자와 그 짓(?)을 계속 이어가는 장면이 한두 번이 아니었다.

고개를 절레절레 흔든 난 아무렇게나 던져 있던 옷을 집어 입었다.

그리고 지갑을 꺼내 얼마나 있는지 살펴봤다.

수표와 현금으로 두둑한 지갑에서 오만 원짜리 한 장만 빼고 모두 꺼내 미나에게 건넸다.

하지만 그녀는 손을 흔들며 받기를 거부했다.

"오늘은 작별 선물이라고 말했잖아."

"이건 나의 작별 선물이야. 셋이 나눠 가져."

침대에 돈을 놓아둔 나는 가볍게 손을 흔들고 모텔 방에서 나왔다.

"엥? 형님, 벌써 가시려요? 어디 안 좋은 곳이라도 있으신 겁니까?"

문 옆에서 어슬렁거리던 사내가 잘못 보기라도 한 듯 눈을 비비며 물었다.

'누구……? 젠장! 빨리 기억을 정리해야겠군.'

얼굴을 보고 나서야 겨우 머릿속에 사내에 대한 기억이 떠올랐다.

사내의 이름은 장석훈. 별명은 싸울 때 주로 머리를 이용한다고 해서 석두였다.

나이는 나보다 한 살 적은 녀석으로 스물한 살 때 내게 싸움에 진 후로 동생을 자처하며 붙어 다니고 있었다.

"…멀쩡해. 단지 잠시 쉬고 싶을 뿐이야."

"떡치는 게 휴식이라고 말하던 분이 웬일입니까?"

"헛소리 말고 가자."

난 더 이상 길게 얘기하지 않고 걸음을 옮겼다. 지금 무엇보다 급한 건 기억을 정리하는 일이었다.

"같이 가요, 형님!"

*　　　　*　　　　*

말이 좋아 건달이지, 조폭이었던 아버지 밑에서 자란 난 자신을 닮지 말라며 공부를 하라는 아버지의 말을 듣는 척이라도 해야 했다.

그래서 가급적 눈에 띄지 않게 생활하려 했고 초등학교 때까지는 그렇게 지낼 수 있었다.

그러나 중학생이 되면서 상황이 바뀌었다.

큰 키에 잘난 얼굴 때문인지 여자애들에게 주목을 받았고, 운 나쁘게도 그중에 학교 일진이 찍어둔 애가 있었다.

그리고 왕따가 시작되었다.

왕따든 뭐든 날 건들지만 않으면 된다는 생각이었지만 왕따를 가만히 놔둘 만큼 일진들은 녹녹치 않았다.

학교의 외진 곳 끌려가 싸대기를 맞았고 그 순간 아버지가 억누르고 있던 나의 폭력성이 깨어났다.

난 삼 일 만에 중학교를 장악했고, 일주일 뒤엔 같이 붙어 있던 고등학교까지 장악했다. 워낙 압도적이고 빠르게 장악했기에 아버지에게 들키지 않고 조용히 넘어갈 거라고 생각했었다.

한데 착각이었다.

고등학교 일진들 중엔 폭력 조직에서 관리를 받던 녀석들이 몇 명 있었는데, 그녀석들 때문에 폭력 조직의 귀에 들어갔고 결국 아버지가 알게 되었다.

정말 몇 시간동안 죽도록 맞았다. 나의 잘못이 아니라고 말하며 끝까지 버티려 했지만 폭력 앞에는 장사 없다는 점을 뼈에 새기며 결국 항복을 해야 했다.

병원에서 한 달간 요양을 하다가 퇴원한 난 바로 전학을 가야 했고 다시 얌전한 생활을 해야만 했다.

그러나 아버지에게 맞으며 배운 것이 하나 더 있었는데, 들키지만 않으면 된다는 것이었다.

난 조용히 학교를 접수했다.

어렵지 않은 일이었다. 내가 아버지에게 당한 것처럼 입을 열게 되면 죽게 될지도 모른다는 공포심만 뼈에 새겨주면 되는 일이었다.

그 후론 편안한 학교생활을 즐길 수 있게 되었다. 내가 숨겨진 일인자라는 걸 아는 사람은 일진들밖에 없었고 그들도 학교에서는 쥐 죽은 듯이 조용히 지냈기 때문이었다.

기억을 정리하면서 가장 어이없었던 부분은 바로 민종수와 관련된 일이었다.

이번 인생에서 민종수와 만났지만 악연은 없었다.

오히려 죽여 버려도 시원찮을 놈과 짝짜꿍이 맞아 온갖 말썽을 다 부리고 다녔었다.

결국 놈의 부모가 뒤처리를 하다하다 지쳐 민종수를 유학을 보내 버리면서 끝이 났지만 말이다.

그 기억을 읽으며 '과연 놈에게 원한을 갚아야 하는 건가?'라는 의문이 순간 들었다.

두 번의 비참한 인생을 기억하고 있는 내가 용서를 하는 것도 우스웠고, 이제는 존재하지도 않는 일로 그를 죽이는 것도 우스웠다.

고민 끝에 내린 결론은 내 눈에 띄지 말라는 것이었다. 눈에 띈다면 최선을 다해 여전히 불처럼 일고 있는 분노를 풀 생각이었다.

고등학교를 졸업한 난 등록금만 내면 다닐 수 있는 천안에 있는 대학 법학과로 진학했다.

큰아버지—청개구리 성격인지 이번 생엔 운동에만 매달리는 가풍에 반해 검사가 되었다가 퇴직한 후 로펌에서 일하고 계셨다—와 같은 길을 걸으라는 뜻에서 보낸 것 같았지만 나에겐 무리였다.

오히려 대학 생활을 하던 중 나이트클럽에서 우연히 벌어진 싸움으로 인해 본격적으로 아버지와 같은 길을 걷게 되었다.

대학교 3학년 때 낮에는 학교생활을 하고 밤엔 조직을 관리하고 있음을 아버지께서 알게 되었지만 이미 나이 든 당신께서 할 수 있는 일은 없었다.

대학을 졸업하고 나니 조폭이었지만 몸에 문신도 없고, 범죄 기록도 없었기에 군 입대를 해야 했다. 사고라도 치고 들어가지 말까라는 생각을 했지만 감옥보다는 나을 것이라는 생각에 입대를 선택했다.

무사히 군 생활을 마치고 천안으로 내려와 조직을 정비하고 있을 때 들려온 부음은 그야말로 청천벽력이었다.

…몸조심해라.

보충대에서 헤어지기 전에 꽉 안으며 하신 말씀이 아버지의 마지막 말이 될 줄은 꿈에도 몰랐다.

그리고 장례식이 끝나고 듣게 된 아버지의 유언은 깡패 짓을 그만두고 당신이 회사를 맡아 잘살기를 바란다는 것이었다.

딱히 효자가 아니었기에 무시할 수 있는 일이었지만 중학교 이후로 단 한 번도 아버지의 말을 듣지 않았다는 것을 깨달은 난 결국 아버지의 유언을 따르기로 했고, 조직을 정리하기 위해 내려와 있는 상태였다.

"…형님."

석두의 목소리에 눈을 떴다.

기억을 정리하다가 잠이 든 모양이었다. 찜질방에 들어올 땐 캄캄했던 창으로 아침 햇살이 들어오고 있었다.

"이제 슬슬 움직여야 할 때입니다."

어제 마지막으로 술자리를 가졌고 오늘 조직을 나눠줄 생각으로 모이라고 해둔 상태였다.

"자식, 좀 일찍 깨울 것이지."

아침저녁으로 호흡법과 가전 무술 수련을 하지 않은 날은 손가락으로 꼽을 정도였다.

"몸 풀 시간 정도는 있습니다."

"하루 안 했다고 죽는 것도 아닌데 그냥 가자."

"예."

샤워를 마치고 석두가 준비해둔 옷을 입고 조직원들이 모여있는 곳으로 나이트클럽으로 향했다.

정식 조직원은 나와 석두를 제외하곤 스무 명이었는데 불이 환하게 켜진 나이트클럽 안에 모두 기다리고 있었다.

"형님! 어서 오십시오!"

일제히 고개를 숙이며 인사를 했다.

"새끼들……. 갈 사람한테 그렇게 딱딱하게 인사를 해야겠냐?"

하룻밤 사이에 난 새로운 인생에 꽤나 적응을 하고 있었다.

순간순간 시간이 지날수록 첫 번째 삶과 두 번째 삶은 꿈처럼 희미해지고 새로운 삶은 또렷해지고 있었다.

"오늘 내가 너희들을 부른 이유는 잘 알고 있을 테니 길게 얘기하지 않으마. 양상수."

난 좌측에 앉아 있는 서열 3위인 상수를 불렀다.

"예! 형님!"

"이제부터 니가 철이파의 보스다. 아니, 이제부터 상수파라고 해야겠구나."

"형님! 제가 감히 어떻게⋯⋯."

"웃기는 녀석. 이미 알고 있었으면서 낯 뜨겁게 연기를 하고 지랄이냐."

"예의상⋯ 헤헤!"

"쯧! 너한테 넘기는 게 과연 잘하는 일인지 의문이다. 명진이한테 넘길 걸 그랬나? 상수도파보다 명진파가 훨씬 듣기 좋잖아?"

명진인 서열 4위로 싸움보다는 머리가 좋아 조직의 살림을 맡고 있었다.

"감사합니다, 형님! 열심히 하겠습니다!"

내 농담에 명진은 환하게 웃으며 농을 받았고 상수는 발끈하며 외쳤다.

"어라? 명진이, 니가 날 배신해?"

"형님 말씀처럼 다른 조직들이 상수도파라고 놀리면 어떻게 합니까?"

"뭐라고!"

하하하하!

두 사람의 티격태격하는 모습에 일제히 웃음을 터뜨렸고 분위기는 한결 부드러워졌다.

"너희들은 상수를 잘 보필하고, 상수는 동생들 잘 챙기고. 지금까지처럼만 해 나간다면 어느 누구도 우리 구역을 넘보는 놈들은 없을 거다. 그리고……"

떠난다고 생각하니 여러 가지가 마음에 걸렸다. 그래서일까 하고픈 말이 많았다.

하지만 나 하나 없어진다고 조직이 무너지는 것이 아니라는 걸 깨닫곤 하려던 말을 멈추고 끝을 맺었다.

"아니다. 모두들 건강하게 잘 지내라! 난 간다!"

"철이 형님! 석훈 형님! 다음에 뵙겠습니다!"

한 명 한 명과 악수를 끝낸 나와 석두는 한편으로 허전하고 다른 한편으로는 홀가분한 기분으로 나이트클럽을 빠져나왔다.

제7장

유산

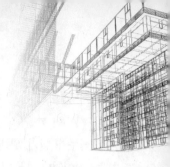

　아버지께선 쓰러져가는 회사 말고도 청계산 밑에 있는 농장을 유산으로 남기셨다.

　어린 시절부터 호흡법과 가전 무술 수련을 위해 자주 지냈던 곳으로 추억이 서린 곳이기도 했다.

　"조용한 것이 사람 묻기엔 최적의 장소인데요?"

　수련을 하고 있는데 청계산을 한 바퀴 돌고 온 석두가 추억을 파괴하는 소리를 했다.

　"…오랜만에 대련이나 하자."

　"아, 아닙니다."

　"아냐. 내가 보기엔 넌 대련이 필요해."

　"아, 아침 드셔야죠. 저, 전 아침을 준비하러……."

　석두는 뒷걸음치며 도망가려 했지만 내 몸은 벌써 그를 향해 날고 있었다.

퍽! 퍼퍼퍽!

"컥! 윽! 꺄울! 혀, 형님! 사, 살려… 큭! 억! 쿠엑!"

석두가 살기 위해 손발을 휘저으며 방어하려 했지만 어림없는 짓이었다. 난 일방적으로 그의 온몸 구석구석의 급소를 가격하며 말했다.

"내가 어제 말했지? 더 이상 깡패가 아니니 말조심하라고. 좋게 말하면 기억을 못하고 꼭 이렇게 맞아야 정신을 차리지?"

"크윽! 아, 닙, 아악! 켁!"

"그러게 천안에서 술집이나 하면서 편하게 살라니까 왜 날 따라와서 이런 고통을 당하고 있냐? 지금이라도 늦지 않았어. 제발 내려가라."

"시, 싫습니다! 커어억! 혀, 형님이랑… 헉! 주, 죽을 때까지 같이 있을 겁니다아아아~!"

이른 아침 조용한 농장에 돼지 먹따는 소리가 울려 퍼졌다.

간단히 아침 수련(?)을 마친 나와 석두는 차를 타고 도심으로 향했다.

"해장국 어떻습니까?"

"아무거나 먹자."

나나 석두나 할 줄 아는 음식이라곤 라면밖에 없었기에 사먹는 게 일상이었다.

"한 가지만 물어 보자."

"말씀하십시오."

"넌 도대체 날 왜 따라온 거야? 천안에 있었으면 편하게 살

수 있었잖아?"

해장국이 나오길 기다리며 궁금해하던 것을 물었다.

사실 석두는 조직을 관리하기엔 많이 부족했다. 그래서 술집
이나 몇 군데 운영하라고 떼어줄 생각이었는데 모든 것을 거부
하고 날 따라왔다.

"솔직히 말해도 되겠습니까?"

"너무 솔직히 말하진 마라. 특히 뜨거운 뚝배기가 앞에 있을
땐 말이다."

솔직하게 말하도록 두면 무슨 말이 나올지 모르는 녀석이었
다.

"음, 형님이랑 있으면 왠지 재미난 일이 있을 것 같아서요. 형
님이 군대 가 계시는 동안 심심해서 죽을 뻔했습니다. 술 먹고
떡치고, 밥 먹고 떡치고. 우스갯소리로 철이 떡집이라고 불렸다
니까요."

"쉽게 말해서 심심해서 따라왔다는 얘기구나?"

"헤헤! 그렇죠."

"그냥 그렇게 편안하게 살지 그랬냐?"

"그러시는 형님은 왜 기껏 키운 조직을 애들에게 주고 오셨
습니까? 거기 계셨으면 형님이 좋아하는 떡… 아니, 거시기도
매일 하며 왕처럼 사셨을 텐데요?"

"글쎄다……."

분명한 것 아버지 유언 때문만은 아니라는 것이었다.

'그나저나 이틀 전까지만 하더라도 두 발로 걷고 마음 편히
사는 것이 꿈이었는데…….'

화장실 들어갈 때와 나올 때가 다르듯이 이루게·된 꿈에 감격하는 건 잠시였고 금세 새로운 삶의 목표를 찾고 있었다.

'일단은 즐겁게 사는 걸로 잡아 볼까?'

석두가 나를 따라온 이유나 나의 새로운 인생 목표나 도긴개긴이었다.

아침을 먹고 향한 곳은 아버지가 경영하던 회사였다.

"회장님이 관리하셨던 곳이 이곳입니까?"

석두는 다소 허름해 보이는 3층 건물을 보며 중얼거렸다.

"KC엔터테인먼트라고 적혀 있는 걸 보니 맞겠지."

사실 나도 처음 오는 곳이었다.

아버지가 은퇴를 하고 뭔가를 한다는 건 알고 있었지만 뭐하는 곳인지 규모가 얼마가 되는지에 대해선 유언장을 받았을 때야 알았다.

"걸 그룹도 키우셨겠죠?"

걱정스러운 표정으로 조심스레 묻는 석두.

"…날 따라온 이유가 걸 그룹 때문이었냐?"

"그, 그럴 리가 있겠습니까!"

말을 더듬고 당황하는 꼴을 보니 분명 걸 그룹 때문에 쫓아온 것이 분명했다.

"내가 배우들을 관리하는 회사라고 말 안 해줬냐?"

"예! 안 하셨습니다!"

"그래서? 지금이라도 내려갈래?"

"……."

햄릿의 고민은 별거 아니라는 듯 심각하게 고민하는 석두를 보며 난 주먹을 날렸다.

연예인 차라고 불리는 밴이 서 있는 주차장을 지나 안으로 들어가자 입구가 보였다.

"닫혀 있는데요?"

한 대 맞고 정신을 차린 석두가 문을 몇 번 흔들어보더니 말했다.

"벨 눌러."

전자자물쇠가 달려 있었지만 비밀번호를 몰랐다.

―누구세요?

"김철입니다. 김 유 자, 성 자 쓰시는 분이 제 아버지십니다."

―아! 들어오세요.

문이 열렸고 계단을 따라 2층으로 올라가자 유리문 앞에 30대 중반쯤 되어 보이는 덩치 큰 남자가 기다리고 있었다.

"어서 오십시오. 이민기 실장입니다."

"반갑습니다."

"이쪽으로 들어오십시오. 제가 안내하겠습니다."

"부탁드립니다."

유리문 안으로 들어가자 좌우로 방이 있었고 그곳을 지나자 스무 평 남짓한 사무실이 나왔다. 한데 자리에 있는 사람은 아무도 없었다.

내가 생각하는 바를 눈치챘는지 이민기 실장은 설명을 했다.

"몇 명은 연기자들을 위해 나가 있습니다. 그리고 몇 명은… 돈을 벌기 위해 그만뒀죠."

"월급이 밀렸습니까?"

"예, 이번 달까지 치면 세 달치가 밀린 게 됩니다."

"아버지를 대신해 사과드립니다."

"아닙니다. 사장님께서도 불가항력적인 일이었습니다. 배우들이 출연했던 영화가 망하면서 출연료가 지급이 되지 않아서 발생한 문제입니다."

"꽤 많은 돈이 걸려 있었나보군요?"

"그게 아니라 제작사에서 돈을 받지 못했지만 사장님께선 배우들에게 출연료를 지불했었거든요. 그 때문에……."

"직원들 월급으로 배우들 출연료를 지불한 거군요? 이해했습니다."

어떻게 해서 월급이 밀렸는지 알게 된 것으로 족했다. 이미 돌아가신 아버지가 한 일에 대해 왈가왈부하고 싶진 않았다.

"3층은 뭐하는 곳입니까?"

"사장실과 휴게실, 연습생들 연습실이 있습니다."

"올라가 볼까요?"

2층 사무실에서 3층으로 올라가는 계단이 있었고 올라가자 일자형 복도로 되어 있었다.

"연습생은 모두 3명으로 남자 두 명에 여자 한 명입니다."

"연습생들이 불안해하는가 보군요?"

연습실 문에 달린 창으로 안을 보자 남자애들 두 명이 불안한 표정으로 뭔가 애기하고 있었다.

"지도를 하는 선생들이 안 온 지도 한 달이 넘어가니까 아무래도……."

"그렇군요. 한데 저 애는 좀 다르군요."

다른 연습실을 보자 여자애 한 명이 거울을 보고 열심히 연기 연습을 하고 있는 것이 보였다.

"누가 보나 안 보나 참 열심히 하는 애죠. 한데 얼굴에 비해 연기에 재능이 없는지 1년이 넘었음에도 전혀 늘지 않고 있습니다."

설명을 들으면서도 거울로 비춰 보이는 여자애의 얼굴에서 눈을 떼지 못했다.

'어디선가 본 듯한 얼굴인데…….'

떠오를 듯하면서도 도무지 생각이 나지 않았다. 그때 석두가 귓속말로 속삭였다.

"형님, 아무리 예쁘게 생겼다고 해도 잘해야 고등학생으로 보이는 앱니다. 범죄입니다, 범죄."

주먹이 아니라 발을 날리고 싶었지만 이민기 실장이 보고 있었기에 참아야 했다.

"이곳이 사장실입니다. 들어가시죠."

이민기 실장이 문을 열어줬고 안으로 들어갔다.

다소 좁아 보였지만 책상과 소파, 책장 등 구색은 모두 갖추고 있었다. 특히 한쪽 책꽂이에 가득 꽂힌 서류들이 인상적이었다.

"천천히 둘러보십시오. 잠시 후에 다시 오겠습니다."

"괜찮습니다. 앉으시죠. 할 말도 있고 몇 가지 물어볼 것도 있으니까요."

"그럼, 그러시죠."

이민기 실장은 나에게 감상에 빠질 시간을 줄 생각이었지만 거부했다.

"솔직히 말하죠. 선친께서는 제가 이곳을 경영하길 바라셨습니다. 그래서 그래볼까 하는 생각으로 찾아왔습니다."

"며칠 전에 변호사에게 들었습니다."

"그럼 단도직입적으로 묻겠습니다. 직원들 중에 제가 경영하는 것을 반대할 사람이 있습니까?"

"없을 겁니다. 떠날 사람은 모두 떠났으니까요."

"이민기 실장님은요?"

"저요? 하하. 전 제 능력을 누구보다도 잘 알고 있습니다. 관리자는 될 수 있지만 경영자로서의 능력은 전무합니다."

"그럼 제가 사장이 된다고 해도 문제가 될 것이 없겠군요?"

"물론입니다."

이민기 실장은 자신이 경영에 신경 쓰지 않아도 된다는 것에 기뻐하는 것 같았다.

"좋습니다. 그리고 또 한 가지. 제가 아버지에게 유산으로 받은 주식은 60퍼센트입니다. 혹시 나머지 40퍼센트가 누구에게 있는지 알 수 있을까요?"

"글쎄요, 배우 신지영 씨가 어느 정도 가지고 있다고 들었는데 자세히는 모르겠습니다."

"신지영 씨라면 중견 배우로 유명하신……."

모를 수가 없었다.

내가 어렸을 때 엄청난 인기를 끌던 스타로 나도 한 때 무척이나 좋아하던 배우였다. 나이가 들면서 다소 시들해졌지만 여전히 TV를 틀면 때론 도도한 사모님으로, 때론 능청스러운 아줌마로 연기를 하고 있었다.

"맞습니다. 저희 회사에서 가장 유명한 분이죠."

"의외군요."

"네?"

"아무것도 아닙니다."

신지영이 왜 이런 조그마한 엔터테인먼트 회사에 있는지 잠깐 의문이 들긴 했지만 그뿐이었다.

"자, 지금부터 사장으로서 일을 할까 싶은데 어떻습니까?"

"…무, 물론입니다."

"그럼, 가장 먼저 해야 할 일은 밀린 월급부터 줘야겠죠? 돈 관리는 누가 했습니까?"

"그야 사장님께서……."

"제가 해야 한다는 말이군요. 상관없겠군요. 작은 회사니까요. 그럼 미지급 급여에 대한 서류를 볼 수 있겠습니까?"

"주, 준비하겠습니다."

"바로 시작하죠."

모를 땐 누군가에게 배우는 것이 좋았다. 하지만 가르쳐 줄 사람이 없다면?

책을 보는 것도 좋은 방법이었다.

그런 면에서 볼 때 가르쳐 줄 사람이 없는 현 상황에서 회사가 어떻게 돌아가는지 아는 방법은 각종 서류와 자료를 보는 수밖에 없었다.

*　　　　*　　　　*

"아하아아아아아아함~ 쩝! 쩝!"

석두는 소파에 반쯤 누운 채 요란한 하품을 하며 나의 집중력을 깨뜨렸다.

가볍게 숨을 내뱉으며 화를 참고는 다시 서류에 집중을 했다.

KC엔터테인먼트의 사장이 된 지 이틀째.

출근을 하자마자 난 사장실에 앉아 어제 보지 못한 서류들을 마저 훑어보고 있었다.

아버지가 회사를 만든 지 5년.

건달이었던 아버지가 작성했다고는 믿기지 않는 꼼꼼한 서류들을 보며 회사원에서 건달로 인생이 바뀌었다곤 하지만 타고난 머리마저 없어지는 것이 아님을 알게 되었다.

"아하아아아……."

다시 입이 찢어지게 하품을 하며 집중력을 깨뜨리는 석두에게 볼펜을 던졌고 정확하게 석두의 목에 적중했다.

"켁! 콜록콜록! 가, 갑자기 왜 그러십니까?"

"일하는데 방해하지 말고 할 일 없으면 빈 사무실에 가서 잠이나 자."

"에이~ 형님이 고생하시는데 제가 그럴 수 있나요?"

"그래도 돼. 그니까 방해하지 마."

"절대 방해하지 않겠습니다. 한데 형님."

"왜?"

"서류를 그렇게 대충 훑어보면 아무 소용없는 거 아닙니까?"

"다 보고 있거든."

인생이 두 번이나 바뀌었지만 사진을 찍듯이 기억할 수 있는 능력이 사라진 것은 아니었다.

"풉! 농담도 잘하십니다. 형님에 대해서 누구보다도 잘 알고 있는 저한테까지 그러실 필요는 없습니다."

"으득! 하루라도 안 맞으면 입안에 가시가 돋지?"

"…조, 졸리네요. 잠시 옆방에 가 있겠습니다."

후다닥 도망가는 석두를 보며 쫓아가서 때려줄까 하다가 꾹 참고 서류에 시선을 돌렸다. 지금은 빨리 파악하는 게 우선이었다.

아버지가 돌아가시기 일주일 전까지의 서류를 모두 살펴본 난 생각을 정리하기 위해 눈을 감았다.

'지금까지 버틴 것이 신기하군. 신지영이 없었다면 회사를 만들자마자 망했을 거야.'

회사의 설립부터 운영까지 모두 신지영이 벌어들인 돈으로 움직이고 있었고, 간혹 부족할 땐 아버지가 가진 재산을 팔아 보충한 것으로 보였다.

현재처럼 운영했다간 신지영의 인기가 조금이라도 떨어지는 순간 망할 게 분명했다. 아니, 올해 들어서 그녀의 방송이 조금씩 줄어들면서 그런 현상이 이미 일어나고 있었다.

'어쩔 수 없군.'

눈을 뜬 난 전화기를 들어 이민기 실장에게 전화를 걸었다.

—네, 사장님.

"모든 연기자 보고 시간 되는 대로 회사로 들어오라고 해주세요."

회사를 맡으라는 아버지의 유언이 있었지만 무작정 돈만 박아 넣을 생각은 추호도 없었다.

살리지 못할 바에야 공중분해 시키는 것이 좋았고 살릴 생각이라면 체질을 개선해야 했다.

*   *   *

천안에서 깡패 짓을 하며 많은 돈을 벌었고 은퇴를 하며 챙길 만큼 챙겨 나왔다. 그래서 직원들의 밀린 월급을 지불하는 것엔 무리가 없었다.

"회사 통장에 입금했으니 밀린 월급 지급하세요."

"알겠습니다. 한데 사표를 제출했던 애들 중에 아직 직장을 잡지 못한⋯⋯."

"월급을 지급하지 못해 벌어진 일이지만 회사를 버린 사람들을 다시 채용할 생각은 추호도 없습니다."

"하지만 직원이 부족합니다. 당장 홀로 촬영장을 다니는 연기자들이 있습니다."

"필요하면 새로 고용하면 되는 일입니다. 그리고 부족할 일은 없을 겁니다."

"그게 무슨⋯⋯?"

"일단 소속 배우들과 얘기를 한 후에 알려드리죠. 한데 들어온 사람은 아직입니까?"

"예."

"촬영 있는 사람들은 어쩔 수 없지만 없는 사람은 다시 연락해서 늦어도 상관없으니 들어오라고 해주세요."

"알겠습니다."

배우들의 스케줄 표는 파악하고 있었다.

10명의 배우 중 스케줄이 있는 사람은 고작 2명. 한데 말한지 5시간이 넘었는데 오는 사람은 단 한 명도 없었다.

연예계에선 통상적인 건지 몰라도 조직을 운영할 땐 한 번도 겪어보지 못했던 일이라 어이가 없으면서도 슬그머니 화가 났다.

"이 새끼들, 아무래도 한 따까리 해야겠네. 안 그렇습니까, 형님?"

석두는 귀신같이 내 기분을 알아내고 인상을 쓰며 으르렁거렸다.

'쯧! 저놈 앞에선 내색도 못하겠군. 그나저나 정신 차리자. 이번 인생에 너무 젖어드는 것 같아.'

석두가 길길이 날뛰는 모습에 화를 가라앉히고 머리를 차갑게 만들기 위해 노력했다. 깡패로 계속 살 것이 아니라면 주먹보다는 반신불구일 때의 차가운 머리가 더욱 필요했다.

'중도를 지키자. 머리만 있는 것도 문제지만 주먹만 앞세우는 것은 더 문제야.'

앞의 두 인생에 비하면 충분히 마음에 드는 인생이었기에 조심스럽게 살아갈 필요가 있었다.

"잊지 마라. 우린 더 이상 깡패가 아냐."

"알고 있습니다. 하지만 형님이 사장 아닙니까? 경고나 해두자는 거죠. 앞으로 건방 떨지 못하게 말입니다."

"내가 알아서 하마."

어떻게 할지는 이미 결정해둔 상태였다. 다만 그들의 태도에 따라 처리 방식이 달라질 것이다.

─사장님, 김인석 씨 도착했습니다.

저녁 7시.

웃통을 벗고 수련을 하고 있는데 이민기 실장이 연락해왔다.

"헉헉! 올라오라고 하세요."

수건으로 대충 땀을 닦고 티셔츠를 걸쳤다. 그리고 에어컨을 켠 후 창문을 닫을 때쯤 노크 소리와 함께 말쑥하게 생긴 김인석이 들어왔다.

"안녕하세요……. 새로운 사장님인가요?"

그가 생각한 거보다 내가 너무 어려 보여서일까 김인석의 얼굴에서 살짝 무시하는 듯한 표정이 나타났다가 사라졌다.

"김철입니다. 앉으시죠."

난 소파에 앉기를 권했고 김인석은 약간 쭈볏거리다 자리에 앉으며 중얼거렸다.

"무슨 일인지 모르겠지만 조금 일찍 끝내 주셨으면 하네요. 선배들과 술 약속이 있어서……."

"음, 그런가요? 그렇다면 오전에 연락을 받았을 텐데 좀 일찍 오지 그랬습니까?"

"네……?"

"혼잣말입니다. 급하다니 바로 애기를 시작하죠."

난 이미 기억하고 있었지만 일부러 서류를 훑어보며 말을 시작했다.

"단도직입적으로 말씀드리죠. 계약서를 보면 앞으로 계약이 1년 남았더군요. 승계를 하면 되는 일이지만 전 좀 더 확실하게 하고 싶은데 어떻게 생각하십니까?"

"뭘 확실하게 한다는 거죠?"

"지금부터 5년간 다시 계약을 하자는 거죠. 계약 조건은 물론 지금과 다름없습니다."

"너무 뜻밖이라… 으음……."

"생각할 시간이 필요하다면 내일까지 생각해 보고 말해 주세요."

"그러죠. 한데 계약 조건을 좀 더 좋게 바꿀 수는 없는 겁니까?"

"없습니다."

"……."

김인석은 기분 나쁜 표정을 감추지 않았고 혀로 볼을 이리저리 부풀리며 자신의 기분이 별로라는 것을 나에게 알리려 했다.

하지만 내가 별다른 반응을 보이지 않자 김인석은 자리에서 일어나며 말했다.

"더 이상 할 말이 없다면 일어나겠습니다. 어떻게 할지는 내일 전화로 말씀드리죠."

"그러세요."

김인석의 말에서 이미 결과를 알 수 있었다. 전화를 하겠다는 말은 재계약을 거절하겠다는 뜻과 다를 바가 없었다.

"형님, 저놈, 재계약 안 할 눈친데요?"

얘기할 동안 벙긋하지도 말라고 했더니 잘 참고 있던 석두는 김인석이 나가자마자 입을 열었다.

"알아."

"그럼 안 되지 않습니까?"

"아니, 오히려 내가 바라던 바야. 김인석이 지난 한 해 번 돈이 1억이 조금 넘어. 3 : 7이니 7,000만 원 정도 회사에 들어왔는데 일할 때 붙여주는 매니저, 스타일리스트, 차량, 각종 잡비를 빼면 오히려 회사에 손해야. 거기에 녀석을 출연시키기 위해 한 로비 자금까지 치면 손해는 더욱 늘어나지. 이런 상황인데도 아버지는 무슨 생각이었는지 차량 리스 비용까지 대줬지. 물론 투자라고 생각할 수도 있겠지. 스타만 된다면 단숨에 손해를 복구하는 건 물론이고 떼돈을 벌게 해줄 테니까."

"크으~ 복잡하군요. 그러니까 형님 말씀대로라면 돈만 잡아먹는 녀석이란 말이죠?"

"응."

"한데 나중에 스타가 되면 어쩌시려고요?"

"글쎄? 내가 보기엔 가능성이 없어."

사실 석두 말처럼 스타가 될 수도 있었다.

하지만 왠지 모르게 그렇게 될 것 같지는 않았다.

*　　　　*　　　　*

3일 간 9명의 연기자를 만났고 2명을 제외하곤 모두 재계약을 거부했다.

내가 의도한 바도 있지만 날 믿지 못하겠다는 분위기가 연기자들 사이에 퍼진 이유도 있었다.

—신지영 씨 촬영 때문에 나가 있는 매니저와 코디를 제외하곤 모두 모였습니다.

"지금 내려가죠."

직원들과 틈틈이 인사를 하긴 했지만 전체 회의를 하는 건 처음이었다.

'저 꼬맹이, 분명 어디선가 본 것 같은데……'

2층으로 내려가기 위해 복도를 지나다가 첫날과 마찬가지로 혼자서 열심히 연습 중인 여지민—서류에서 봤다—을 흘낏 바라보았다.

예쁜 얼굴이긴 하지만 TV에서 흔히 볼 수 있는 얼굴이었기에 착각일 수도 있다는 생각을 하며 2층으로 내려갔다.

"그냥 앉아들 있어요."

다들 자리에서 일어나 인사를 하려는 걸 막고는 모두가 한눈에 보이는 곳에 가서 섰다.

"반갑습니다. 개인적으로 모두에게 인사를 했고, 다들 바쁠 테니 바로 본론으로 들어가겠습니다. 질문이 있을 땐 손을 들고 말해 주십시오."

직원들을 한 명씩 바라보던 난 말을 이었다.

"제가 소속 배우들과 재계약을 했다는 사실을 몇몇 분들은 알겁니다."

"실장님에게 들어서 알고 있습니다. 한데 왜 그러셨는지 이해가 되지 않습니다. 오히려 소속 배우들에게 반감만 사게 된 것 같은데요."

김인석 외 2명의 배우를 관리하는 매니저가 손을 들며 물었다.

"재계약하지 않은 배우들의 반감은 신경 쓸 필요 없습니다."

"네? 무슨 말씀이시죠? 설마……!"

"맞습니다. 재계약하지 않은 배우들은 이제부터 방치할 겁니다. 그리고 모든 자원을 재계약을 한 이수일와 진수지, 두 배우에게 집중할 겁니다."

"……!"

이민기 실장을 제외하곤 모두 놀란 표정을 지었다.

"하지만 그렇게 되면 매니저들이……!"

정식 직원이 아닌 매니저는 박봉이었다. 일을 배운다는 미명 아래 약간의 월급에 배우들이 조금씩 주는 돈으로 생활을 이어가고 있었다.

"그만둔 매니저들이 있어 현재 남아 있는 매니저는 세 명. 한 명씩 맡으세요. 그리고 남은 세 사람 다 정식 직원으로 채용할 생각입니다. 신지영 씨 매니저에게도 알려주세요."

웅성거림이 커졌지만 결코 나쁜 분위기는 아니었다.

"재계약하지 않은 배우를 지명할 땐 어떻게 해야 합니까?"

"조연급이니 특별히 문제될 거라곤 생각하지 않지만 제작자가 그 배우가 아니면 안 된다고 하면 그땐 그들이 하게 해주세요. 아직까지는 저희 소속사 배우라는 건 변함없으니까요."

직원들의 입장에선 두 명만 신경 쓰면 되는 일이었기에 지금보다 훨씬 좋은 일이었다.

그래서인지 자기들끼리 속닥거릴 뿐, 더 이상의 질문은 없었다.

"그럼 오늘부터 당장 실행하세요. 전 신지영 씨를 만나러 가겠습니다."

신지영의 경우 너무 바빠 집에도 제대로 들어가지 못하는 있다는 얘기를 들었기에 직접 찾아갈 생각이었다.

"사장님, 잠시 드릴 말이 있습니다."

회의를 끝내고 3층으로 올라가려는데 이민기 실장이 다가와 말했다.

"긴 얘기라면 신지영 씨에게 다녀온 다음에 말하는 게 어떻습니까? 가급적이면 점심시간에 맞춰 가고 싶거든요."

"5분 정도면 됩니다."

"그럼 휴게실에서 얘기하죠."

이민기 실장과 함께 입구 옆에 있는 휴게실로 자리를 옮겼고 난 의자에 앉자마자 이유를 물었다.

"무슨 일입니까?"

"다름이 아니라 조금 전에 연습생 부모에게서 계약을 해지해 달라는 연락이 왔습니다."

"아! 그 때문에 오늘 두 명의 남자 연습생이 오지 않았나보군요?"

"그런 것 같습니다."

"해주세요."

"제 생각엔 저희 회사가 싫어서라기보단 제대로 교육을 시켜달라고 시위를 하는 것 같은데 말입니다……."

"아뇨, 해지하세요. 대신 남아 있는 여지민 학생은 절대 놓쳐서는 안 되니 선생들 붙여주세요."

"하지만 제가 볼 때 그 두 명은 꽤 가능성이 있는 친구들입니다."

"그렇다면 다행이군요. 다른 소속사를 구할 수 있을 테니까요."

"사장님!"

내가 일어나려 하자 이민기 실장은 다급하게 불렀다. 그에난 한 마디를 덧붙였다.

"5일 동안 그 두 연습생이 연습을 하는 걸 본 적이 없습니다. 회사가 없어질 것이라는 불안함 때문이라는 건 이해하겠지만, 가르쳐야만 움직이는 수동적인 사람은 제가 싫습니다."

이왕 불확실한 미래를 보며 투자를 하는 것이라면 절실함을 가진 사람에게 하는 편이 낫다고 생각했고, 회사가 커진다면 달라지겠지만 그전까지는 망하든 말든 내가 하고 싶은 대로 운영할 생각이었다.

3층으로 올라가 정장으로 갈아입은 난 석두와 함께 신지영이 일하고 있는 일산으로 향했다.

"오! 형님, 저깁니다!"

유명한 스타들을 볼 수 있다고 잔뜩 들떠있는 석두가 도착을 알렸다.

"혹시라도 눈에 띄는 짓은 하지 마라."

"걱정 마십시오. 제가 무슨 어린애입니까?"

호언장담을 하는 모습에 더 걱정이 됐다. 하지만 데리고 오지 않았다면 모를까 데려온 이상 사고만 치지 않기를 바랄 뿐이었다.

적당한 곳에 차를 주차를 하고 구경하는 사람들을 통제하는 이에게 신지영을 찾아왔음을 밝혔다.

"저쪽 큰 건물 옆에 가면 계실 겁니다."

"고맙습니다."

점심시간이라 그런지 촬영장은 다소 느슨한 분위기였고 식판을 든 사람들이 그늘진 곳에 삼삼오오 모여 식사를 하고 있었다.

"오! TV에서만 보던 밥차군요. 식사나 하고 가시는 게 어떻습니까? 꽤 맛있어 보이는데요?"

'신지영의 팬클럽에서 오늘 밥을 쏩니다!'라고 적힌 플래카드가 걸린 밥차를 보고 석두가 발걸음을 멈췄다.

"넌 먹고 있어. 난 신지영 씨랑 얘기 좀 하고 있을 테니까."

"…그래도 되겠습니까?"

"물론."

촬영장을 마냥 신기해하는 석두를 내버려 두고 스태프가 말해준 건물 옆으로 향했고, 곧 파라솔 아래에서 식사를 하고 있는 신지영을 찾을 수 있었다.

제8장

추억 만들기

"김철 씨죠? 앉으세요. 아버님 젊었을 때랑 많이 닮았네요."

파라솔로 다가가자 신지영이 먼저 날 발견하고 알은척했다.

'마흔 여섯이라는 게 믿기지 않을 정도로 지독하게 예쁘게 생겼네.'

조막만한 얼굴에 또렷한 이목구비, TV에서 볼 때완 달리 다소 외소하게 보인다는 것과 목의 주름을 제외하곤 눈이 크게 떠질 만큼 아름다웠다.

"처음 뵙겠습니다. 김철입니다."

"반가워요. 그리고 회사로 들어오라는 얘기를 듣긴 했는데 촬영 때문에 들어가지 못해 미안해요."

"아닙니다. 먼저 선생님부터 찾아뵙고 인사를 드렸어야 했는데 급한 일부터 처리하느라 늦었습니다."

"회사 일이 먼저죠. 참! 오늘 점심 고마워요. 덕분에 선배로서 후배들에게 위신이 좀 섰어요."

신지영은 음식이 담긴 식판을 숟가락으로 툭 치며 말했다.

"어떻게 아셨습니까?"

사실 오늘 밥차는 팬클럽이 아닌 내가 준비를 한 것이었다. 처음 만나는 회사 대표 배우에 대한 새로운 사장의 예우였다.

한데 단번에 내가 했다는 걸 눈치챌 줄은 몰랐다.

"호호! 제 팬클럽에서 밥차를 준비했다면 저에게 이미 연락이 왔을 거예요. 같이 나이가 들어가면서 친구처럼 지내고 있거든요."

"이런, 나름 놀라게 해드리고 싶었는데 팬분들과 친하게 지낼 줄이야 꿈에도 몰랐군요."

"호호호! 놀라긴 했어요. 처음엔 스토커 중에 한 명이 보낸 줄 알았거든요.

한때 대한민국 남성들의 마음을 뒤흔들던 대표 미녀라 다소 도도할 것이라 생각했는데 지금 보니 마음씨 좋은 옆집 아주머니 같았다.

"우리의 새로운 사장님이 여기까지 온 건 재계약 때문인가요?"

"들으셨습니까?"

"이민기 실장에게 들었답니다. 아! 혹시나 그가 나에게 말했다고 기분 나빠하지 말아요. 지금이야 회사의 전반적인 일을 맡고 있지만 얼마 전까지만 하더라도 제 담당이었거든요."

"괜찮습니다."

"이해해 줘서 고마워요. 그리고 전 앞으로도 KC와 같이할 생각이니 재계약은 하는 것으로 할게요. 그러니 이민기 실장에게 서류만 보여주세요."

"하하! 말씀만으로도 감사드립니다. 하지만 선생님과의 계약은 아직 5년이나 남았기에 굳이 당장 할 필요가 없습니다. 오늘은 그저 얼굴이나 뵙자고 온 것뿐입니다."

"호호! 그런가요? 한데 아까부터 절 선생님이라고 부르니 왠지 부담스럽네요. 제가 그렇게 나이 들어보이나요?"

"전혀요. 다만 적당한 호칭이 없어서요. '씨'라고 부르면 너무 건방져 보이고… 그렇다고 누님이라고 부르기엔… 좀 걸리는 게 있어서요."

신지영이 KC엔터테인먼트에 있는 이유에 대한 의문은 그녀가 사인한 계약서를 보면서 더욱 커졌다.

10년 장기 계약에 계약금은 전혀 없는 계약서.

아무리 내가 엔터테인먼트 사업에 문외한이라고 해도 신지영이 한 계약이 터무니없음을 단번에 알 수 있었다.

자연 그녀가 왜 그런 계약을 했는지에 대해 생각을 하게 되었고 한 가지 결론을 내릴 수 있었다.

내 말에 살짝 의외라는 표정을 짓던 신지영은 숟가락을 놓으며 매니저에게 커피를 가져올 것을 명했다. 그리고 그가 사라지자 조금 전과 다른 친근한 눈빛으로 말을 했다.

"아버님에게 저에 대해 들었나요?"

"아닙니다. 그저 계약이 너무 이상해서 추측한 것뿐입니다.

한데 제 생각처럼 아버지와 특별한 관계셨습니까?"

"특별한 관계라⋯⋯."

신지영은 슬퍼 보이는 표정으로 시선을 하늘로 돌리며 중얼거렸다. 그리고 마음을 진정시키려는 듯 눈을 감았다.

"⋯오빠에게 듣기론 천안에서 조직을 관리했다면서요? 오빠가 무척 걱정했었는데⋯⋯. 이제 보니 기우에 불과했던 것 같네요. 잠깐 같이 걸을까요?"

그녀는 매니저가 가져온 커피를 들고 일어났고 난 매니저에게 양산을 받아 햇빛을 가려주며 함께 걸었다.

"어디서부터 애기해야 할지 모르겠네요."

"하지 않으셔도 됩니다. 그저 제가 실수하지 않을 정도만 알면 됩니다."

내가 세 살 때 어머니가 돌아가셨으니 아버지가 신지영과 연인 관계였다고 해도 놀랄 일은 아니었다. 다만 사귄 사람이 신지영이란 대스타였다는 것이 더 놀라울 뿐이었다.

하지만 내 예상은 틀렸다.

"후후. 김철 씨의 예상과 달리 우린 연인 관계가 아니었어요. 그저⋯ 오누이처럼 지냈을 뿐이죠. 오빠를 처음 본 것 내가 스물다섯 살 때였어요."

내가 알지 못하는 아버지의 젊은 시절이 신지영의 입에서 흘러나왔다.

열아홉 살 때부터 연기 생활을 시작한 신지영은 처음엔 그저 그런 수많은 연기자에 불과했다.

얼굴은 예뻤지만 연기력이 부족했고, 그 때문인지 제대로 된 데뷔도 하지 못하고 사라질 위기에 처하게 되었다.

그때 은밀한 제안이 들어왔다.

그녀는 자의 반, 타의 반으로 제안을 받아들였고 그때부터 서서히 인기를 얻기 시작했다.

하지만 달콤하기만 할 것 같던 은밀한 제안은 독을 품고 있었다. 스폰서를 해주던 남자의 부인이 둘의 관계를 알게 되었고 그녀를 죽일 작정을 한 것이다.

"…죽을 위기에 처했을 때 오빠가 날 구해 줬죠. 그 후로도 몇 번이고 생명의 위협이 있었지만 모두 오빠가 막아줬어요."

"두 분의 관계가 어느 정도 이해가 되는군요. 한데 그 위협이 여전히 진행 중입니까?"

"그렇다면 도와줄 건가요?"

아버지가 회사를 부탁한 것은 신지영을 위협에서 도우라는 말과 다를 바가 없었다.

물론 세 번의 인생 동안 단 한 번도 만난 적이 없는 아버지이긴 했지만 그래도 기억 속에선 항상 날 걱정하던 아버지였기에 큰 문제가 없다면 유언을 무시하고 싶지는 않았다.

"자세한 정보만 주신다면 위협 자체를 없애는 것도 방법이겠죠. 아! 그건 힘들지도 모르겠군요. 아버지가 그런 생각을 하지 않은 건 아닐 테니까요. 어쨌든 도와드리겠습니다."

도와주겠다는 것을 예상하지 못했는지 그러겠노라고 대답하자 신지영은 의외라는 표정으로 나를 바라보다가 빙긋 웃으며 말했다.

"사실 더 이상의 위협은 없어요. 고마워요. 한데 한 번만 안아 봐도 될까요?"

"네?"

잠깐 멍하게 있던 난 그녀가 안기 쉽게 몸을 낮췄고 신지영은 두 팔로 날 꼭 끌어안았다.

'…엄마의 느낌이 이럴까?'

왠지 모르게 포근한 느낌. 특히 등을 살짝 토닥이는 것이 기분을 묘하게 만들었다.

아쉬웠지만 포옹은 금세 끝이 났다.

"홋! 이제 촬영하러 가야겠네요."

"그러세요. 그리고 언제든 필요할 때 전화 주세요. 고모님."

아버지와 오누이처럼 지냈다고 했으니 고모님이 가장 적당할 것 같았다.

"'님' 자를 뺀다면 더 마음에 들 것 같네요. 호호!"

"말을 놓으신다면 고려해 보겠습니다."

촬영장으로 데려다 주기 전에 난 신지영을 고모라 부르게 되었고, 그녀는 날 철이라고 부르게 되었다.

"이 자식, 전화도 안 받고, 어디 간 거야?"

오늘 생긴 고모와 헤어진 난 석두를 찾기 위해 촬영장을 둘러보았고, 전혀 엉뚱한 곳에 그를 찾을 수 있었다.

"저놈을 죽여!"

한 명을 향해 달려드는 양복을 입은 사내들.

그중에 석두가 있었다.

그는 한 명이 허공으로 휘두르는 주먹에 맞은 것처럼 빙글한 바퀴를 돌며 바닥에 널브러졌다.

'쟨 도대체 왜 저기서 촬영을 하고 있는 거야?'

다소 어이가 없었지만 촬영 중이었고, 꽤나 즐거운 듯한 얼굴을 하고 있었기에 그가 하는 양을 지켜보기만 했다.

"컷! 좋아, 다음은 주인공이 각목을 맞고 쓰러지는 장면이야. 각목을 휘두르는 장면을 따고, 다구리 치는 장면 딸 거야. 그리고 A팀에서 찍은 다음 영호가 이쪽으로 넘어오면 분장하고 무릎 꿇는 장면을 찍을 테니 바로 가자고!"

일주일에 2시간 분량의 드라마 두 편을 찍어야 하니 밥 먹을 시간 빼고는 쉴 틈이 없었다. 그래서 A팀, B팀으로 나눠 찍고 있었는데, 석두가 있는 곳은 B팀이었다.

"컷! 약해. 조금 더 실감나게 해봐. 악당들의 캐릭터가 강하게 그려져야 하는 신이라고!"

"알겠습니다. 다시 해보겠습니다."

스턴트맨으로 보이는 사내는 다시 각목을 휘둘렀지만 이번에도 오케이 사인을 받지 못했다.

웬만하면 그냥 넘어갈 법도 했지만 PD는 못내 아쉬웠는지 다시 재촬영을 했고, 곧 인상을 찌푸리며 고개를 절레절레 저었다.

"그 뒤에 머리 짧은 친구가 한번 휘둘러 봐."

기회는 석두에게 갔다.

석두는 촬영팀 한 명이 슬레이트를 치고 후다닥 사라지자 검은색 각목—스펀지에 종이와 테이프를 만—을 휘둘렀다.

"굿! 아주 좋아! 진짜 같았어."

"감사합니다! 헤헤!"

PD는 아주 좋다는 듯 오케이 사인을 보냈고 석두는 정말 기쁜 듯 헤헤거렸다.

'당연히 실감이 날 수밖에. 저 꼴통의 주특기가 둔기 휘두르기였는데……. 그나저나 저 녀석이 저렇게 기뻐한 적이 있었던가?'

은퇴를 하고 나를 좇아온 석두를 어떻게 할지 볼 때마다 고민이긴 했었다. 그래서 나중에 매니저나 시켜야겠다고 생각했는데 오늘 연기를 하며 기뻐하는 모습을 보니 스턴트맨도 나쁘지 않다는 생각이 들었다.

쓰러진 주인공을 밟는 장면 역시 석두가 중심이 되었는데 두 번 만에 오케이 사인을 받았다.

"형님! 저 촬영하는 거 보셨습니까?"

약간의 틈이 생기자 석두는 후다닥 달려와 자신이 어땠는지를 물었다.

"니가 왜 촬영을 하고 있는데?"

"큭큭큭! 지방 촬영팀이 아직 도착을 못했다고 걱정하고 있기에 제가 도와준다고 했죠. 쟤네들 절 다른 스턴트 팀인 줄 알고 있어요."

"…문제 생기면 어쩌려고?"

"에이, 스턴트맨 잠깐 한다고 문제 생길 게 있겠습니까? 근데 형님, 지금 촬영하는 거 오늘 방송에 나온답니다."

"그래?"

"네, 그래서 지금 엄청 급하게 찍고 있어요. 아! 다시 촬영할 건가 봅니다……."

드라마 주인공인 권영호가 분장을 하고 달려오자 촬영 B팀은 다시 분주해졌고 그에 석두의 시선은 자꾸 촬영장을 향했다.

"갔다 와."

"…괜찮으시겠습니까?"

"커피 한 잔 하며 바람이나 쐬고 있으마. 그러니 천천히 촬영해."

사실 드라마로 보면 고작 몇 초만 나오는 딱히 중요하지 않는 장면을 찍고 기뻐하는 모습에 어이가 없긴 했지만 아끼는 동생이 기뻐하고 있으니 차마 그만하고 가자는 소리를 할 수가 없었다.

"옙! 감사합니다."

'저렇게 재미있나?'

허락을 하자마자 스턴트팀으로 달려가는 석두를 보며 고개를 절레절레 흔든 난 촬영장 맞은편에 있는 큰 쇼핑몰로 향했다.

날씨가 더워서인지 음료수 매장엔 줄을 서서 주문을 하고 있었는데 하나를 주문하려다가 생각을 바꿨다.

"이 앞에 촬영장에서 왔는데 배달됩니까?"

"배달은……."

"내가 맡을게. 몇 잔이나 필요하신데요?"

아르바이트생이 아닌 매장 매니저로 보이는 이가 나서서 주문을 받았다.

"100잔쯤이면 될 것 같습니다."

"당연히 해드려야죠. 주문하시겠습니까?"

"바나나 셰이크는 직접 주고, 나머지는 섞어서 100잔 배달해주세요."

"잠시만 기다려주세요."

음료수마다 가격이 다르니 시간이 조금 걸렸다. 계산을 끝냈을 땐 내 손에 바나나 셰이크가 들려 있었다.

어린 시절 먹었던 기억 때문에 주문한 바나나 셰이크를 마시며 다시 촬영장으로 간 난 고모 신지영의 매니저에게 음료수를 주문해 뒀으니 나눠주라고 말한 뒤 여기저기를 거닐며 석두의 촬영이 끝나길 기다렸다.

'일단 한숨을 돌렸으니 한 이틀 여행이나 다녀올까?'

염으로 존재했을 때에도 외국에는 나가본 적이 없었다. 이틀이면 가까운 일본이나 중국은 충분히 다녀올 수 있을 것이다.

국내든 국외든 여행가기로 마음을 먹고 촬영이 끝날 때가 되지 않았을까 싶어 석두가 있는 촬영장으로 걸음을 옮겼다.

한데 아까와 달리 분위기가 싸늘했다.

내가 주문해서 배달시켰던 음료수들 한쪽에 쌓여 방치되고 있는 것이 꽤 오랫동안 싸늘함이 지속되고 있음을 간접적으로 보여줬다.

"컷! 대사 전달이 전혀 안 되잖아! 후우~ 황두식은 지금 어디래!"

"…아직 용인이랍니다."

"씨발! 아까도 용인이라고 그랬잖아! 이제 방송 시간까지 4시간밖에 안 남았어. 편집하고 내보내려면 1시간 안에 끝내야 한다고!"

"그게… 앞에 교통사고가 났는지 차가 전진을 못하고 있답니다."

B팀 PD는 조연출에게 고함을 고래고래 질렀다. 그러나 욕을 하고 고함을 지른다고 해서 멀리 있는 이들이 갑자기 나타날 수는 없었다.

"씨발! 담배 하나 피고 다시 시작하자. 영호, 너도 잠깐 쉬고 있어라."

잔뜩 열 받은 감독이 일어나자 주연배우인 권영호도 살짝 인상을 찌푸리며 한쪽에 마련된 파라솔로 향했다.

촬영장의 갑이라고 할 수 있는 두 명이 자리를 비우자 그제야 옥죄는 듯한 분위기가 다소 풀어졌다.

난 방치된 음료수를 몇 개 들고 석두가 있는 곳으로 갔다.

석두는 아까완 달리 분위기에 휩쓸려 잔뜩 찌푸린 얼굴을 하고 있었다.

"인상 좀 펴라. 누가 보면 니가 이곳 PD인 줄 알겠다."

"아! 형님, 오셨습니까?"

석두는 주변에 앉아 있는 스턴트맨들의 눈치를 보며 조심스럽게 말했다.

"오! 석훈이, 네 선배냐? 어째 너보다 어려 보인다? 반갑습니다. 용두스턴트 스쿨의 백재영입니다."

"아, KC의 김철입니다. 음료수 한 잔씩 하세요."

"오! 고맙습니다. 안 그래도 졸라 목이 말랐는데. 앉으세요. 스턴트맨이면 다들 한 식구 아닙니까."

"…네."

석두를 데리고 나오기 위해 들어갔다가 어영부영 같이 자리를 하게 되었다.

"…문 PD 화내는 건 신경 쓸 필요 없어. 배역을 맡은 황두식 씨가 늦는 건데 우리가 어떻게 할 수 있는 건 아니잖아."

"아, 네."

같은 직업을 가졌다는—석두의 거짓말로 인한 그들의 착각이었지만—동질감 때문인지 금세 친한 척했고, 난 친근한 그들의 태도에 어쩔 수 없이 얘기를 듣고 있을 수밖에 없었다.

"자! 다시 촬영을 시작하자고. 방송 시간을 맞추려면 더 이상 지체할 수 없으니 대사만이라도 확실하게 쳐달라고."

담배를 피우고와 기분이 다소 풀렸는지 문 PD의 목소리는 한결 부드러워져 있었다.

"형님!"

막 일어나 촬영 장소에서 벗어나려고 하는데 석두가 쇠파이프를 나에게 건넸다.

"뭐? 나보고 스턴트맨 하라고?"

"TV에 나오실 수도 있잖습니까, 헤헤!"

"옥에 티를 만들고 싶은 거냐?"

"어차피 스치듯이 나오는데 저희 말고 누가 알겠습니까? 추억이라 생각하십시오."

추억이라는 말에 잠깐 망설였고 어느새 내 손엔 쇠파이프가 쥐어져 있었다.

한데 전혀 생각지도 않은 일이 벌어졌다.

"누가 하는 게 좋을까? 거기 약간 다른 색의 양복 입고 있는 친구! 자네가 한번 해봐."

우리가 있는 곳을 보고 두리번거리는 문 PD가 나를 꼭 집으며 말을 했다.

"네?"

"황두식의 역할 말이야. 대본 보고 한번 해봐."

스태프 중 한 명이 대본을 갖다 줬다.

"완전히 똑같이 외우지 않아도 괜찮으니까 두목스럽게 연기해봐."

스턴트맨이 아니라고 말하기엔 너무 늦었기에 어쩔 수 없이 대본을 외우고 첫 번째 부분을 연기했다.

"세상엔 세 종류의 여자가 있어. 가질 수 있는 여자, 볼 수는 있지만 가질 수 없는 여자, 그리고… 눈독조차 들여서는 안 되는 여자야. 지금 네가 만나고 있는 여자는 어디에 셋 중에 어디 속할 것 같아?"

'아니, 단 두 종류의 여자만 존재해. 사랑하는 여자와 사랑하지 않는 여자!'

난 상대가 말할 대사를 머릿속으로 생각한 후 말을 이었다.

"비루한 것들은 생각하는 것조차 비루해. 어디 잠시 후에도 그런 말이 나오는지 두고 보도록 하지."

'나, 날 어쩔 셈이지?'

"글쎄? 어떻게 될지 상상해 봐. 장담하는데 그 상상보다 더한 고통이 널 기다리고 있을 거야."

난 연기를 끝내고 문 PD를 봤다.

그는 화면과 날 번갈아 바라보며 믿을 수 없다는 표정을 짓다가 겨우 입을 열었다.

"…구, 굿! 좋아! 조금 있다가 그렇게만 해줘."

"그러죠."

석두와 같은 이유로 어려울 것 없는 연기였다.

"영호 불러오고, 저 친구 메이크업하고 머리 조금만 만져 줘. 아, 아니다. 머리는 그냥 놔둬. 자연스러운 지금이 훨씬 낫겠다."

문 PD의 지시에 스태프들은 빠르게 움직였고 드라마 주인공인 권영호가 도착하면서 촬영이 시작되었다.

"컷! 좋아! 이번엔 5시 방향에서 영호와 저 친구를 동시에 잡고 가볼게. 2, 3번 카메라는 각각 잡고."

카메라가 움직이고 다시 똑같은 연기를 했다.

그렇게 카메라 방향에 따라 몇 번 더 연기를 하고나자 끝이 났다.

NG가 두어 번 난 것까지 치면 1분도 안 되는 시간을 위해 1시간을 넘게 똑같은 말을 반복한 것이다.

"컷! 오늘은 여기까지 하지. 영호 씨, 고생 많았어. 모두 고생들 많았어! 내일 새벽에 보자고."

문 PD가 끝을 알리자 촬영장은 각종 장비를 나르는 스태프들로 금세 어수선해졌다.

"형님, 멋있었습니다!"

쌍 엄지를 척 하니 내미는 석두.

그의 말처럼 꽤나 재미있는 추억 만들기였지만 대수롭지 않게 대답했다.

"멋있긴 개뿔. 같은 말과 동작을 반복하려니 짜증만 난다. 이만 가자."

내려쬐던 태양이 어느새 빌딩 숲 사이로 떨어지고 있었다.

*　　　*　　　*

촬영장에서 친해진 스턴트맨들과 간단히 맥주를 마시고 헤어진 석두와 난 집으로 돌아와 우리가 나오는 TV를 보며 추가로 술을 마셨다.

거울로만 보던 내 모습을 TV 속에서 보는 것은 신기하면서도 즐거움을 주기에 충분했다.

꽤 늦은 시간까지 술을 마셨지만 20년이 넘은 습관은 언제나처럼 정확한 새벽 시간에 눈을 뜨게 만들었다.

"…줄 서세요. 음냐음냐……"

석두는 스타가 되어 사인을 해주는 꿈을 꾸는지 잠꼬대와 함께 손을 휘젓고 있었다.

깨울까 하다가 일요일 하루쯤 늦잠을 자라고 내버려 둔 난 밖으로 나와 시원한 공기를 들이마셨다.

여전히 더운 여름이었지만 산 밑이라 그런지 아침저녁으로는 시원했다.

태양을 떠오르는 곳을 바라보고 바닥에 적당히 앉은 나는 심호흡과 함께 약간의 스트레칭으로 몸을 풀었다. 그리고 서서히 호흡법에 빠졌다.

큰아버지가 만든—짜깁기한—호흡법은 여느 숨쉬기운동과

다른 것이 없어 보였다.

하지만 시간이 지날수록 확실한 효과를 볼 수 있었는데 10년 정도 꾸준히 수련하면 온몸에 알 수 없는 힘이 넘쳐흘렀고, 20년 정도 하면 아랫배 즉, 하단전 부근이 뿌듯해지면서 일반인들이 하기 힘든 괴력을 발휘할 수 있었다.

물론 그렇다고 슈퍼 히어로처럼 강한 힘을 낼 수 있는 것은 아니었다. 그저 남들보다 조금 더 빠르고 조금 더 강하게 만들어줄 뿐이었다.

"후우~"

해가 완전히 떠오른 후에야 호흡법이 끝이 났다.

길게 숨을 내뱉고 자리에서 일어난 난 서서히 몸을 움직이며 이번엔 가전 무술을 펼치기 시작했다.

내가 만났었던 11대조인 김영훈은 내 말을 허투루 듣지 않고 많은 돈을 들여 무술이 능한 사람들을 초대했다. 그리고 호흡법과 무술 수련을 통해 진갑까지 산 그는 그가 배운 무술들을 통합해 가전 무술을 만들어 후손들에게 남겼다.

"아함~! 형님, 전화 왔습니다."

한참 가전 무술을 펼치며 땀을 흘리고 있는데 석두가 부스스한 모습으로 스마트폰을 들고 나왔다.

"누군데? 헉헉!"

"이민기 실장이라고 찍혀 있습니다."

스마트폰을 받아든 난 통화버튼을 눌렀다.

—아! 받으셨네요. 저, 이민깁니다. 저 혹시 어제 신지영 씨 촬영장에 가셔서 촬영하셨습니까?

전화를 받자마자 이민기 실장은 다급한 목소리로 다다다 말을 쏟아냈다.

"뭐, 어쩌다 보니 그렇게 됐습니다. 한데 그게 왜요?"

―헉! 정말 사장님이셨군요… 그, 그럼 얼른 촬영장으로 가 보셔야 할 것 같습니다.

"촬영장엔 왜요?"

―지금 난리 났습니다!

"차근차근 설명하세요. 그렇게 앞뒤 다 자르고 말하면 제가 알아들을 수가 없지 않습니까?"

이해할 수 없는 말만 하니 자연 내 목소리엔 짜증이 담길 수밖에 없었다. 그리고 그제야 이민기 실장은 차근차근 설명을 했다.

"…그러니까 제가 했던 역할이 단역이 아니라 준조연급이고 또한 어제 제 얼굴로 방송이 되었기 때문에 다른 사람으로 교체도 불가능하다는 말이군요?"

―맞습니다.

"…일단은 무조건 촬영을 해야겠군요?"

―저희 KC엔터테인먼트 소속이라고 하셨다면서요? 회사를 위해서라도 반드시 가셔야 합니다.

"알겠습니다. 문자로 촬영 장소를 보내주세요. 준비해서 바로 가죠."

"형님! 오늘도 촬영장 가실 겁니까?"

전화를 끊자마자 옆에서 귀를 기울이고 있던 석두가 잔뜩 기대하는 눈빛으로 물었다.

석두 이 녀석 때문에 귀찮게 되었다는 생각이 들자 짜증이 나서 그의 조인트를 깠다.

"아악! 가, 갑자기 왜 이러십니까?"

"다 너 때문이잖아, 이 자식아!"

"도대체 뭐가 말입니까?"

석두는 이어지는 주먹을 피해 멀찌감치 도망가 소리쳤다.

"으이고! 닥치고 나갈 준비나 해."

몇 대 더 때려주고 싶었지만 이민기 실장이 몇 번이고 서두르라고 말했기에 머뭇거릴 시간이 없었다.

서둘러 샤워를 마치고 밖으로 나왔는데, 정작 석두가 보이지 않았다.

"석두! 너, 안 갈 거냐?"

농장 전체가 울릴 정도로 크게 소리치자 석두 역시 큰 소리로 화답했다.

"갑니다, 형님! 잠시만 기다려주십시오!"

10분쯤 지난 뒤 석두는 맞선을 보러가는 사람처럼 잔뜩 꾸미고 나왔다.

"하하하……."

어이가 없으면 웃음만 나온다더니 지금 딱 그랬다. 부글거리던 화마저 싸늘하게 식었다.

"형님이 운전하시게요?"

"그래, 얼른 타라. 마음 변하기 전에."

석두가 차에 오르자마자 액셀을 밟았고, 차는 먼지를 일으키며 빠르게 촬영장으로 향했다.

"사장님!"

오늘은 방송국 드라마 제작센터에서 촬영이었다. 주차를 하고 입구로 들어가자 이민기 실장이 빠르게 다가와 출입증을 건네며 빠르게 말했다.

"들어가서 좌측으로 가시면 한참 촬영 중일 겁니다. 제가 배우 지망생 겸 저희 회사 사장님이라고 얘기해 뒀으니 별말은 없겠지만 혹 무슨 얘기를 하더라도 일단은 무시하십시오. 관계자가 아닌 사장님이 촬영을 하려 했다는 것 자체가 잘못이니까요."

백번 옳은 얘기였기에 이민기 실장의 말에 고개를 끄덕일 수밖에 없었다.

촬영장이 나나 석두에겐 호기심에 의한 추억 만들기 장소였는지 모르지만, 제작진에겐 치열한 삶의 현장이었을 것이다.

만일 누군가가 내 삶의 현장에 장난 삼아 끼어들었다면 주먹부터 날렸을 것이다.

문득 은연중에 내가 가진 힘에 대한 자만심이 없었다만 결코 하지 않았을 짓이라고 생각하니 낯이 뜨거울 정도로 부끄러웠다.

'쯧! 정말 유치한 행동이었어.'

어제 석두의 행동을 말리지 못하고 동조했던 스스로에 대해 반성을 했다.

그리고 촬영 중인 현장에 도착해서 진심으로 고개를 숙였다.

"죄송합니다! 입이 열 개라도 드릴 말씀이 없습니다."

"…급해서 출연자를 챙기지 못한 우리 쪽도 잘못이 있긴 하지만 장난이 조금 심했소. 뭐, 일단 촬영이 급하니 이번 일에 대해서는 나중에 다시 얘기하기로 합시다. 조금 있다가 바로 촬영에 들어갈 테니 분장을 하고 대기해요."

내 진심이 전해진 건지 아님 당장 촬영이 급해서인지 모르지만 문 PD는 다소 퉁명스럽게 말을 했을 뿐, 화를 내진 않았다.

"사장님, 저쪽으로 가시죠."

이민기 실장이 적절한 타이밍에 나서서 냉랭한 촬영장에서 벗어날 수 있었다. 그리고 분장을 하러 간 곳은 고모인 신지영이 대기하는 곳이었다.

"호호호! 조카, 어서와. 지금 보고 있는데 연기 꽤 잘하네. 무척 인상적이야."

신지영은 스마트폰으로 드라마를 보다가 내가 들어가자 내가 나온 장면을 보여주며 장난스럽게 말했다.

"…놀리지 마세요. 안 그래도 쪽팔린데."

"놀리긴 누가 놀렸다고그래? 깔깔깔!"

100퍼센트 놀리는 웃음이었다. 하지만 고모에게 뭐라고 할 만큼 예의가 없진 않았다.

이민기 실장이 준비한 양복으로 갈아입고 분장을 하는데 신지영이 슬그머니 다가왔다.

"어제 조카가 나온 드라마 봤어?"

"봤습니다."

"어땠어? TV속에 나오는 자신의 모습을 본 소감이?"

"글쎄요? 현실 같지 않아서……."

"내가 보기엔 넌 상당한 재능이 있어. 특히나 타고난 매력이 있어서 연예계와 잘 맞을 것 같아."

객관적으로 본다고 해도 난 큰 키와 꽤 잘생긴 얼굴을 가지고 있었다. 특히 이번 인생이 바뀌면서 남자다움이 더해지면서 여자들에게도 인기가 많았다.

하지만 그건 연예인이 아닌 일반인들과 섞여 있을 때의 얘기였다.

"말씀만이라도 감사합니다. 하지만 전 제 주제를 잘 알고 있습니다."

"널 과소평가하지 마. 26년 차 배우의 눈으로 볼 때 넌 충분히 스타가 될 수 있어."

신지영이 정색을 하며 말했지만 장난의 연장이라고 생각했다.

"네, 네, 하지만 전 별로 관심이 없습니다."

"농담이 아냐. 게시판엔 너에 대해 묻는 글이 하루 만에 수백 개가 넘게 올라왔어. 그만큼 인상적이었다는 소리지. 그리고 네 팬클럽 생겼다는 거 알아?"

"……."

농담이 아닌 진심으로 하는 말이라는 걸 알게 되었지만 바뀔 것은 없었다.

"고모, 제가 그동안 어떻게 지냈는지 아시죠? 괜스레 유명해져서 제 과거가 밝혀지면 고모나 회사에 좋을 것 없습니다."

6년간 깡패 생활을 하면서 크게 사고를 친 적이 없었고, 경찰서에 끌려갈 정도로 증거를 남긴 적도 없었다. 심지어 학교에선 내가 깡패라는 사실을 아는 사람이 아무도 없었다.

하지만 그렇다고 해서 깨끗하고 정직하게 산 것은 아니었기에 깡패였다는 사실은 숨기는 게 좋았다.

신지영은 내 말을 이해했는지 안타까운 표정이 되어 더 이상 권하지 않았고, 난 촬영을 위해 세트장으로 향했다.

대본을 보니 내가 오늘 찍을 신은 잡아온 남자 주인공 권영호를 고문하려는 장면과 때마침 여주인공이 보낸 경호원들과 싸우는 장면이었다.

점심을 먹기 전에는 그저 입만 털고 수하들이 고문하려는 모습을 지켜보는 것만 하면 되었기에 딱히 어려울 것이 없어보였다.

'이제 찍나보군.'

서서 서성이고 있는데 조연출이 다가왔다. 한데 그녀의 입에서 엉뚱한 말이 흘러나왔다.

"김철 씨, 몸 좋아요? 아니, 나쁘진 않죠?"

"그럭저럭요. 한데 그건 왜……."

"작가님이 대본에 추가한 부분이 있어서요. 그래서 일단 확인해야 하니 옷 좀 벗어… 봐요."

조연출은 사무적으로 말하려고 노력하고 있었지만 얼굴이 붉어지는 걸 감추진 못했다.

미적거릴수록 더 어색해질 수밖에 없었기에 거침없이 와이셔츠의 단추를 풀었다.

"…조, 좋네요. 그, 그럼 가능하다고 말할게요. 저, 점심 먹고 찍게 될 거예요."

벗은 상체를 멍하니 바라보다가 말을 더듬거리며 도망치듯

가는 조연출.

난 그런 그녀를 보며 중얼거렸다.

"기분 참… 수치스럽다고 해야 하나?"

너무 묘해서 이렇다 표현할 말이 없었다. 그저 한시라도 빨리 와이셔츠의 단추를 채울 뿐이었다.

제9장

연예계 생활

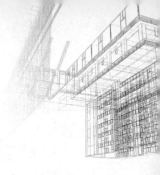

촬영이라는 것이 계획대로 된다면 일주일 동안 두 시간 분량의 드라마를 만들어내는 건 일도 아닐 것이다. 하지만 대부분은 당연하게도 계획대로 되지 않았고, 힘겹게 데드라인에 맞춰 허겁지겁 촬영을 끝내게 마련이다.

준조연인 내가 대본대로 방송에 나온다면 대략 4분. 1회분으로 따진다면 2분. 많은 NG를 내고 스태프가 들어주는 스케치북의 대사를 읽으며 연기를 한다고 해도 넉넉잡고 1시간이면 끝낼 촬영 시간.

한데 편의점 삼각김밥으로 아침을 때우고 온 촬영장에 서서히 어둠이 내려앉고 있음에도 난 여전히 촬영장에 있었다.

"드라마는 기다림의 지랄이야. 그나마 그날 찍을 수 있다면 좋지만 못 찍는 경우도 허다해. 그러니 그냥 맘 편하게 있는 게 좋아."

기다림은 지루함을 낳았고, 지루함은 사람들과 안면을 트게 만들었다.

15년 차 배우로 주로 준조연급 배역을 담당하는 최상철이 심심함을 달래려는 듯 지나가며 인사를 한 날 붙잡고 아까부터 얘기 중이었다.

"그렇다고 기다림이 나쁜 것만은 아니야. 솔직히 말하자면 유명 선배님들과 가능성 있는 후배들과 친해질 수도 있거든."

"인맥을 넓히는 겁니까?"

"당연하지. 소속사도 없는 내가 근근이 TV에 얼굴에 비추고 살 수 있는 이유가 뭐라고 생각해? 내가 괜찮은 역할을 맡았는데 주연배우가 내가 싫다고 한다면? 그 반대로 이미 다른 누군가가 맡았는데 주연배우가 날 지명한다면? 사람 사는 세상이 다 비슷하겠지만 연예계만큼 인맥이 중요한 곳도 드물어."

뭔가 짠한 느낌이 들면서도 자신의 일자리를 위해 친하게 지낸다는 그의 솔직함과 뻔뻔함이 오히려 마음에 들었다.

"너무 직설적으로 얘기했나?"

"아닙니다."

"듣기엔 조금 불편해도 다 뼈가 되고 살이 되는 말이니 기억해라."

"예, 선배님."

배우를 할 것도 아닌데 선배라고 부르자니 처음엔 입이 잘 떨어지지 않았다. 하지만 그냥 인생 선배라고 생각하기로 마음을 먹으니 술술 나왔다.

"절 찾는군요. 이만 가보겠습니다."

"수고해. 촬영 끝나고 기회 되면 술이나 한잔하자."

"예."

짜증 나는 기다림의 시간을 지루하지 않게 해준 것만으로도 술을 사줄 생각이었다.

"사무실에서 운동을 하는 장면을 찍을 거예요. 일단 펌핑을 하고 계세요."

조연출이 건넨 쪽대본에는 상황 설명과 운동을 마치고 주인공을 고문하러 간다고 독백하는 것이 다였다.

'도대체 무슨 생각인지 모르겠군.'

작가가 갑자기 되지도 않는 장면을 넣었는지 이해가 되지 않았다. 하지만 내가 잘못한 일이었기에 따질 수도 없었다.

"알겠습니다."

순순히 대답을 한 난 세트장으로 들어가 윗옷을 벗고 스트레칭을 했다. 그리고 팔굽혀펴기와 윗몸일으키기를 해 가볍게 몸을 데웠다.

평소라면 스트레칭으로 몸을 데운 후 가전 무술을 시작했을 것이다. 하지만 샌드백이 없는 빈 공간에서 펼치면 미친놈 춤추는 것처럼 보이는 가전 무술이 제작진이 원하는 것은 아닐 것이다.

다리를 펴고 앉아 양손을 엉덩이 사이에 놓고 정신을 단전에 집중했다. 단전의 따뜻한 기운이 느껴졌다. 난 기운이 손가락으로 이동하길 바랐다.

그리고 손가락만을 이용해 몸을 띄웠다.

그렇게 1분 쯤 있다가 천천히 엉덩이를 뒤로 빼고 고개를 숙였다. 물구나무서기 자세로 바꾼 것이다.

손가락의 힘만으로 물구나무를 선 채 팔굽혀펴기를 시작했다.

막상 운동에 집중을 하자 현재 내가 어디에 있는지 무엇을 위해 운동을 하고 있는지를 잊고 집중했다. 흘러내린 땀이 턱을 지나 콧대에서 머물다 뚝뚝 떨어져 내렸다.

만일 누군가가 다가오는 느낌이 들지 않았다면 힘이 빠질 때까지 계속하고 있었을 것이다.

난 정신을 차리고 몸을 바로 했다.

설명을 해줬던 조연출이 다가오다가 흠칫 놀라며 한걸음 물러났다.

"놀라게 했다면 미안합니다. 이제 시작입니까?"

"…아, 아뇨. 찍을 것은 이미 찍었어요."

"네? 언제……?"

"너무 열중하고 있었나 봐요. 이, 이 수건으로 땀을 닦으면서 아까 준 대본의 대사를 해주세요."

"아! 제가 너무 집중을 했나보군요. 알겠습니다. 고맙습니다."

눈 둘 곳을 몰라 하며 수건을 건네는 조연출의 손은 가늘게 떨리고 있었다.

'훗! 순진한 아가씨네.'

미인은 아니었지만 꽤나 귀엽게 생긴 조연출이 부끄러워하는 모습을 보니 꼬셔볼까 하는 생각이 들었다. 하지만 촬영 스태프들의 시선이 모두 나를 향하고 있었기에 참아야 했다.

"이제 놈을 처리하러 가볼까?"

땀을 닦으며 담담하게 한마디 뱉자 바로 오케이 사인이 나왔다.

'하긴 단역배우의 장면을 굳이 몇 번씩 찍을 이유가 없겠지.'

내 연기력이 괜찮다는 생각은 머릿속에 없었다.

＊　　　　＊　　　　＊

하루를 더 소비해 이번 주 내 몫의 촬영을 끝낸 난 회사로 출근을 했다.

"오셨습니까, 사장님?"

"아! 이민기 실장님, 그제는 고마웠습니다."

"제 일인걸요. 한데 같이 오시던 분은……?"

"촬영장에 있습니다."

석두는 새벽같이 일어나 촬영장으로 갔다.

스턴트맨이 좋은 건지 촬영장에서 수다 떠는 것이 좋은 건지 몰라도 장난감을 본 아이처럼 좋아하는데 말릴 수가 없었다.

아버지의 사무실이었다가 이젠 내 사무실이 된 사장실로 가 컴퓨터 앞에 앉았다.

얼마 전까지 깡패였던 현재의 나는 컴퓨터에 대해 아는 것이 거의 없었지만 반신불구일 때의 난 심심풀이로 해킹─그래봐야 남들이 만들어놓은 프로그램을 이용한 것이지만─을 할 정도였기에 컴퓨터를 사용하는데 무리가 없었다.

바탕화면에 있는 KCM이라는 아이콘을 더블클릭했다.

KCM은 회사 관리 프로그램으로 한눈에 재무 현황부터 소속 연예인과 직원들의 현 상황을 알 수 있었다.

"이런 프로그램을 만들 생각을 하시다니, 아버지께선 관리자로서의 재능은 확실히 탁월했어."

잠시 보는 것만으로도 내가 없던 이틀간 회사가 어떻게 돌아가는지 파악할 수 있었고, 재무 상태 역시 파악이 가능했다.

얼마 되지 않아 일을 마친 난 잠시 머뭇거리다가 포털 사이트로 들어가 내 이름을 검색했다.

독립운동가, 기업인, 정치인 등 수많은 사람들이 나와 있었지만 나에 대해선 나오지 않았다. 다만 카페 란에 팬카페가 하나 있었다.

클릭하고 들어가자 며칠 전 TV에 방송될 때 나온 장면이 꾸며져 첫 페이지를 장식하고 있었다.

324명의 회원이 있었는데, 몇 가지 글은 읽을 수 있었고 나머지는 읽을 수가 없었다.

"쩝, 도대체 뭐하는 짓인지……."

글을 읽기 위해 회원가입을 하려던 난 머리를 긁적거리곤 팬카페 창을 닫았다.

지금하고 있는 내 행동이 유치하다는 생각에서였다.

난 김철이라는 검색어를 지우고 해외여행으로 다시 검색을 했다. 드라마에서 내 역할이 끝나면 미뤘던 여행을 다녀올 생각이었다.

한참 여행지에 대해서 보고 있는데 갑자기 아래층이 소란스러워졌다.

"누군데 이렇게 소란스러운 거야?"

소란스러움이 점점 심해졌기에 결국 자리에서 일어나 2층으로 내려갔다.

"씨발! 내가 맡을 역을 수일이 그 새끼한테 준 게 말이 된다고 생각해? 존나 얼척 없네. 그 새로 온 사장 새끼가 그리 시키던? 이 개새끼들아!"

책상을 걷어차면서 지랄을 하고 있는 이는 김인석이었다.

그가 워낙 흉흉하게 나오자 사무실에 있던 이민기 실장과 직원들은 멀찌감치 떨어져 그가 진정하길 기다리고 있었다.

"…지금 이게 무슨 짓이지?"

난 어지럽혀진 사무실을 보곤 인상을 쓰면서 말했다.

"어! 너, 잘 만났다! 씨발!"

김인석은 권투와 헬스로 몸 관리를 해왔기에 겁날 것 없다는 듯 나에게 다가왔고 내 멱살을 잡으려 했다.

"크윽!"

하지만 내 손이 빨랐다. 어느새 그의 목이 내 손아귀에 잡혀 있었다.

"힘을 과시하고 싶나? 그렇다면 나 역시 가만히 있을 수 없지."

"……!"

연장을 들고 공격해 오던 깡패들도 내 눈빛을 마주하면 주춤거렸다. 폭력을 업으로 삼고 살아가는 그들도 그런데, 전문 선수도 아닌 운동 삼아 복싱을 배우고 있는 김인석이 감당할리 만무했다.

그는 내 눈을 피하며 손아귀에서 벗어나려 버둥거리다 그마저도 여의치 않자 눈을 내리깔며 얌전해졌다.

"할 말이 있는 것 같은데, 내 방으로 가지."

난 그의 목에서 손을 떼고 방으로 향했고 김인석은 얌전히 따라왔다.

"뭐가 불만인지 얘기해 보세요."

소파에 앉은 난 부드러운 목소리로 말했다. 아까 김인석이 행한 행동을 봐서는 반말과 강압적인 말투로 찍어 누르고 싶었지만 민종수에게 당했던 폭행의 기억이 스스로에게 브레이크를 걸었다.

"…재계약을 하지 않았다고 제가 맡을 역할을 다른 사람에게 주는 건 너무한 거 아… 닙니까?"

김인석은 쭈뼛거리며 말했다.

"그 역할이 김인석 씨가 직접 따낸 것입니까?"

"그건… 아닙니다. 하지만 사장님이 오기 전까진 제가 맡을 거라고 들었습니다."

"단도직입적으로 말하겠습니다, 김인석 씨, 전 저와 계약한 사람들을 최우선적으로 지원할 생각입니다. 그리고 계약하지 않은 사람들에 대한 계약외의 지원은 다음 달부터 모두 끊을 생각입니다."

"네? 지원을 끊는다고요?"

"네. 월세, 차량 리스 비용, 등 아버지가 지금까지 배려 차원으로 지원했던 것들 말입니다."

아버지의 회사 운영 방식에서 가장 이해가 되지 않는 것은 수익이 나는 족족 그 돈을 배우들에게 지원해 줬다는 것이다.

물론 적은 돈으로 힘겹게 생활하는 배우들을 가엽게 여겨서 일 수도 있었다. 하지만 그렇게 보기엔 석연찮은 것이 많았다.

"마, 말도 안 됩니다! 그, 그렇게 되면 당장 집을 옮겨야 하고 차량도 반납해야 합니다. 계약을 하지 않아서 이런 것이라면 당장 계약을 연장하도록 하죠. 그러니……."

"미안하지만 김인석 씨와의 재계약은 없습니다."

"……!"

"그러니 계약 기간이 끝나면 그때부턴 마음대로 하시면 됩니다."

김인석은 여러 가지 상념이 담긴 듯한 표정을 지은 채 말을 하지 못했다. 그리고 한참 있다가 들리지 않을 정도의 목소리로 중얼거렸다.

"어, 어떻게 이럴 수가 있습니까? 아무리 사장이라고 하지만 이건 너무 일방적인 처사가 아닙니까?"

버림받았다고 생각해서인지 김인석의 점점 커지는 목소리엔 분노가 담겨 있었다.

"전에 사장님은 우리들을 잘 이해해 주는 분이셨는데… 당신은……."

마치 모든 것이 내 탓인 양 말하는 김인석을 보니 피식 웃음이 나왔다. 그리고 그의 징징거림을 계속 듣고 싶은 마음이 없어졌다.

"훗! 웃기는군요. 김인석 씨, 우리 피차 피해자인 척하지 맙시다. 회사가 어려운 상황에서 직원들은 월급을 못 받고 있는데 댁은 나오지도 않은 출연료까지 챙겨 가지 않았습니까?"

"사장님이 챙겨 주신 겁니다!"

"챙겨 준 건지 아님 달라고 해서 준 건지 직원들에게 물어볼까요?"

통장의 입출금 내역만 봐도 알 수 있는 것들이 있었다. 직원들 월급을 주기 위해 융통했을 것이라 짐작되는 돈이 다음 날 직원들이 아닌 일부 배우들에게 지급되었고, 그중 한 명이 김인석이었다.

"그건… 나, 나도 급한 일이 있어서……."

"뭐, 그럴 수 있겠죠. 한데 회사가 어렵다는 걸 빤히 아는 사람이 비싼 걸 많이도 먹었더군요. 어차피 망해가는 회사 법인 카드니 마음대로 써도 된다 싶었습니까?"

"……."

"누가 더 이기적인지에 대해 길게 얘기해봐야 서로가 구질구질해지니 과거 얘기는 그만하기로 합시다. 그리고 앞으로 다시 오늘과 같은 행패를 부린다면……."

뒷말은 협박으로 들릴 수 있었기에 아꼈다. 대신 아까 보여줬던 눈빛을 다시 한 번 각인시키듯 보여줬다.

"내 말뜻은 충분히 이해했으리라 생각합니다. 더 할 말 없다면 미팅은 끝내죠."

김인석은 내 말에 수긍을 했는지 아무 말도 하지 못하고 고개를 숙인 채 회사를 떠났다. 그리고 그가 떠난 다음 이민기 실장을 불러 아버지에 대한 궁금한 바를 물었다.

"전대 사장님께서 배우들에게 필요 이상으로 잘 대해준 이유

말입니까?"

"네, 아는 대로만 말해 주면 좋겠군요."

"…저도 대충 짐작만 할 뿐입니다만."

"앞으로 회사를 운영하기 위해 참조할 생각으로 물은 것이니 그 정도면 됩니다."

이민기 실장은 방 안에 둘밖에 없음에도 혹시나 누가 들을까 주변을 둘러보며 조심스레 말을 꺼냈다.

"아마 신지영 씨 때문일 겁니다."

"고모님이요?"

"예, 신지영 씨는 죽을 때까지 배우를 하는 것이 꿈이라고 항상 말해 왔습니다."

이해할 수 없는 말이었지만 이어지는 말에 고개를 끄덕였다.

"연예계라는 곳이 내일부터 당장 일이 없을 수도 있는 곳입니다. 그래서 많은 연예인들은 인맥을 넓혀 그런 때를 대비하기도 합니다. 혹은 소속사에 유명 연예인이 있다면 끼워 팔기로 역할을 맡기도 하죠."

"무슨 말인지 알겠습니다. 아버지께선 고모님의 미래를 대비해 소속사에 스타를 만들 생각이셨군요."

"…두 분의 관계를 알고 계셨습니까?"

"대충은요."

아버지가 왜 무리하면서까지 배우들을 끌고 가려 했는지 알수 있었다. 분명 고모를 위해 한 일이었으리라.

'아버지처럼 몇 명쯤 더 끌고 가야 하나?'

조금 전 힘없이 나간 김인석이 몇 달 뒤에 스타가 되어 있을 수도 있었고, 10년이 지나도 스타를 배출하지 못할 수도 있었다.

어느 누가 스타가 될지 아무도 모르는…….

"아, 바보!"

다른 사람은 몰라도 난 알 수 있었다. 1년 정도 걸린다는 것이 문제라면 문제였지만 착한 일 몇 번하면 그 기간마저 줄일 수 있었다.

"후후! 몇 번만 더 인생을 바꾸면 내가 염이라는 것마저 잊겠군."

현재의 난 염일 때까지 포함한다면 4번째 삶을 살고 있는 것과 마찬가지였다.

또한, 염의 기억이 내 머릿속의 4분의 1을 차지하고 있었지만 4번의 인생 중 가장 아래에 깔려 의식하지 않으면 떠올리기 힘든 상태였다.

'크~ 잊지 않으려면 노인들처럼 과거의 기억을 곱씹으며 살아가야겠군.'

생각난 김에 난 염의 기억을 더듬어봤다. 특별할 것 없고 많이 희미해진 기억들이지만 떠올리려 하자 선명해지고 있었다.

"아! 그 여자애……!"

떠오르는 기억 중에 연습생으로 있는 여자애에 관한 기억도 있었다.

*　　　　*　　　　*

여지민.

17살에 가수로 데뷔해 스무 살이 되기 전에 대한민국을 뒤흔드는 유명 가수가 되었고, 이후 내는 앨범마다 메가 히트를 기록하며 승승장구를 했다.

거기에 드라마, 영화까지 영역을 확대해 명실상부 대한민국 최고의 스타가 된 그녀.

그러나 화려함이 큰 만큼 그늘도 컸다.

어린 시절 멋모르고 한 계약으로 인해 수백억이 넘게 벌었음에도 수중에 남는 것이 없었던 그녀는 민사소송으로 7년 만에 노예 계약에서 벗어날 수 있었다.

하지만 겨우 잘못을 바로 잡아 편하게 살 만할 때 데뷔를 위해 어린 나이 때부터 매니저와 성관계를 맺은 것이 독이 되어 그녀에게 돌아왔다.

하루아침에 모든 것을 잃은 그녀가 선택할 수 있는 길은 한 가지밖에 없었다.

내가 여지민의 몸을 차지했을 땐 김철의 몸을 차지했을 때와 마찬가지로 죽어가고 있었다. 한데 김철 때와 달리 기억을 읽은 난 여지민을 살리기를 포기하고 튕겨져 나오기만을 기다렸던 것으로 기억한다.

"…사장님도 드세요."

허겁지겁 고기를 먹던 여지민은 물끄러미 바라보는 내 눈빛을 의식했는지 젓가락의 속도를 낮추며 조심스럽게 말했다.

"응, 그래, 너도 얼른 더 먹어라. 부족하면 얼마든지 먹고."

상추쌈에 잘 익은 삼겹살 몇 점을 얹어 크게 한입 먹고 나자 여지민의 젓가락이 다시 빨라졌다.

기억이 떠오른 김에 면담을 하기 위해 여지민을 불렀고 때마침 점심시간이었기에 같이 나왔다.

"연습생 생활은 할 만해?"

"네! 재미있어요."

"연습생은 어떻게 됐어? 길거리에서 만난 거야?"

"그게… 길거리에서 만나긴 했는데 사장님은 아니었어요."

"그럼?"

"지… 뭐라 하는 인간이었는데……."

"지웅삼?"

"아! 맞아요, 지웅삼. 그 인간 이름이 지웅삼이었어요. 그 인간과 함께 카메라 테스트를 받으러 갔다가 그곳에서 사장님을 만났어요. 근데 지웅삼, 그 인간을 사장님도 알고 계셨어요?"

"약간."

지웅삼이 여지민의 인생을 망친 놈 중 한명이었다.

"그 인간이 연예인 만들어준다면서 여자들 등쳐먹는 나쁜 놈이라면서요?"

"아버지에게 들었니?"

"비슷해요. 사장님이 거기 인간들과 하는 얘기를 몰래 엿들었어요."

과거를 회상하면서 몸을 부르르 떠는 걸보니 아버지가 그곳에 무슨 일로 갔는지 모르지만 얘기만 한 것 같진 않았다.

'나 말고 다른 사람의 인생이 어떻게 바뀌었는지 보게 될 줄이야.'

여지민 말고도 많은 사람들의 인생 또한 바뀌었을 것이라 생각하니 과거를 바꾸는 것에 대해 주의를 기울일 필요가 있다는 생각이 들었다.

하지만 단지 생각뿐이었다.

내 인생이 나빠진다면 난 고민 없이 인생을 바꿀 것이 분명했기 때문이다.

"근데 사장님……."

"응?"

여지민은 삼겹살을 배부르게 먹었는지 젓가락을 내려놓으며 말했다.

"혹시… 저도 쫓아내실 생각이세요?"

"왜 그렇게 생각하지?"

"같이 있던 오빠들이 안 보여서 실장님께 여쭈어봤거든요. 사장님! 저, 열심히 할게요. 그러니 기회를 주세요. 뭐든 할 수 있어요!"

지금 사준 점심이 최후의 만찬이라고 생각했는지 여지민의 표정과 목소리엔 간절함이 가득했다.

"뭐든 할 수 있다고?"

"…네? 아, 예, 하, 할 수 있어요. 처, 처음이라 걱정은 되지만……."

"쯧! 무슨 생각을 하는 거야? 난 되먹지도 않은 힘을 이용해 강제로… 큭! 내가 미성년자 앞에서 별소릴 다하네. 어쨌든 내가 너에게 말하고자 했던 건 그런 게 아냐."

"그럼요?"

"너, 고등학교 자퇴했지?"

"그걸 어떻게……?"

"다 아는 수가 있어. 너에게 연예인이 될 수 있는 기회를 줄 테니까 고등학교 졸업해."

"…학교 따위 저에겐 필요 없어요."

필요 없다 말했지만 거짓말이라는 걸 누구보다도 잘 알고 있었다.

여지민은 스타가 된 후에도 고등학교를 그만두고 졸업하지 못한 것을 두고두고 후회했었다.

"회사에 남고 싶으면 다녀. 학비와 기타 잡비, 용돈까지 회사에서 대줄 거야. 물론 공짜라고 생각하지 마. 내가 스타가 되어 돈을 벌기 시작하면 다 받을 거니까. 할 수 있겠지?"

"…네."

여지민이 대답을 하는 순간 염의 에너지가 쭉 하고 차오르는 것이 느껴졌다.

나의 행동이 여지민의 인생에 도움이 되었음을 알려주는 증거.

'두 달 치. 이거야 말로 꿩 먹고 알 먹고로군.'

고등학교를 졸업하기 전에 여지민을 스타로 만들어 볼 생각이다. 물론 노예 계약까지는 아니더라도 다년간 계약을 한 다음에 말이다.

*   *   *

아침에 하는 호흡법은 양기(陽氣)를, 저녁에 하는 호흡법은 음기(陰氣)를 받아들임으로서 기를 보충하고 몸의 균형을 맞추는 것이 큰아버지가 가르쳐준 호흡법의 기본이었다.

오랜 기간 수련을 하면 건강해짐은 물론이고 강력한 힘마저 생기는 이 훌륭한 호흡법에도 치명적인 단점이 있었는데, 바로 수련 시간 불균형으로 인한 기의 쏠림 현상이었다.

할아버지 때까지는 거의 문제가 없었지만 아버지 때부터 슬슬 단점이 나타났고, 나 때에 이르러 완전히 모습을 드러냈다.

그 이유는 간단했다.

아침 수련은 한 손에 꼽을 정도로 빼먹지 않고 할 수 있는 반면, 저녁 수련은 학교 수업 때문에, 혹은 친구들과 노느라고 하지 못하는 경우가 많아서였다.

물론 저녁 수련을 하지 못한다고 해서 문제가 될 것이라는 걸 어느 누구도 몰랐기에 아버지도 저녁 수련을 강요하지 않았고, 결국 스무 살이 넘으면서 문제가 되어 나타났다.

음기에 비해 양기가 많아지자 성격이 과격해지고 양기를 풀고자 여자를 찾게 된 것이다.

'이론에 불과하지만 말이야.'

젊어서 그런 것일 수도 있지만 스스로 자제를 하지 못할 만큼 불끈 솟아오르는 힘에 저녁 호흡법을 끝낸 난 가전 무술로 몸을 지치게 만들고 있었다.

"하악~ 하악! 술집이라도 가야 하나?"

몸은 지쳤지만 정작 지쳐야 할 것은 여전했다.

운동을 끝내고 샤워를 하며 시원한 물에 몸을 맡겨보지만 그마저도 실패, 결국 밖으로 나와 주섬주섬 옷을 입고 나갈 준비를 했다.

그때 전화가 왔다.

—김철 씨, 지금 배우들과 제작팀이 회식 중인데 나올 수 있습니까? 여긴 일산에 있는…….

드라마 제작팀 조연출이라 밝힌 사내는 권유를 하는 듯했지만 당연히 나올 것이라고 생각했는지 장소와 찾아가는 방법을 간단히 설명했다.

"…금방 가죠."

급한 건 따로 있었지만 거부하기가 애매했다. 잠깐 들렀다 나오면 되겠지라는 생각에 허락을 하고 2층으로 내려갔다.

"퇴근하십니까?"

홀로 책상에 앉아 뭔가를 하고 있던 이민기 실장이 일어나며 물었다.

"네, 실장님은 퇴근 안 합니까?"

"아직 할 일이 남아서요. 먼저 들어가십시오."

"네, 수고하세요. 아! 드라마 팀에서 술 먹으러 오라고 했는데 주의해야 할 것이 있습니까?"

"배우로 간다면 주사만 하지 않으면 됩니다. 하지만 사장으로 간다면 술값을 봉투에 적당히 넣어가는 것이 좋겠죠."

고맙다 인사하고 사무실을 나온 난 현금인출기로 가 현금을 뽑아 택시를 타고 약속 장소로 향했다.

식당 입구부터 시끌벅적한 소리가 들려왔다.

"김철 씨, 왔어요?"

안으로 들어가자 입구 근처 자리에서 먹고 있던 사내가 일어나 다가왔다. 목소리를 들으니 전화를 했던 조연출이었다.

"계산할 때 보태십시오."

난 준비했던 봉투를 다가온 그에게 건넸다.

"오늘 권영호 씨가 낸다고 했는데……."

"넣어뒀다가 스태프들끼리 한잔하세요. 적당한 자리에 앉아 먹으면 됩니까?"

"이쪽으로 오세요. 배우 분들은 따로 안에서 먹고 있습니다."

돈은 그만한 가치를 했다. 약간 무시하는 듯한 태도를 보이던 조연출의 목소리와 태도가 한결 부드럽게 바뀌었다.

'생각보다 많지 않군.'

준조연 중에서도 비중이 적은 나를 부를 정도면 배우들 대부분이 모여 있을 것이라 생각했는데, 제작진 몇 명과 배우 열 명이 다였다. 특히 주연배우들은 바빠서 참석을 못했는지, 아님 이미 밥을 먹고 떠났는지 자리에 없었다.

"연락이 늦어 이제야 왔습니다."

"어, 김철 씨! 어서 와. 이쪽으로 앉아."

가볍게 고개를 숙이며 인사를 하자 그나마 안면이 있는 문 PD가 자신의 옆에 앉으라며 손짓을 했다.

"아닙니다. 저쪽에서 얌전히 먹다가 가겠습니다."

방 안에 있는 사람들 중 가장 친하다고 할 수 있는 최상철이 있는 가장 끝 쪽에 가서 조용히 먹다 나갈 생각이었다.

"에헤~ 그래선 안 되지."

하지만 문 PD는 술을 많이 마셨는지 벌겋게 변한 얼굴로 잡아끌어 자신의 옆에 앉혔다.

내가 문 PD 옆에 앉지 않으려 한 것은 안면만 튼 사람들과 술 마시는 것이 불편해서이기도 했지만 처음 보는 여자가 옆에 있어서였다.

여자가 무슨 문제냐 싶겠지만 방에 들어오자마자 은은하게 풍겨오는 여러 가지 향수 냄새가 나를 미치게 만들고 있었다. 한데 여자 옆에 앉으라니……

"참! 김철 씨는 옆에 앉은 사람이 누군지 아나?"

"아뇨. 안녕하세요."

문 PD의 말에 여자를 보고 인사를 했다.

평범한 얼굴이었지만 세련된 화장과 복장 때문인지 꽤나 매력적으로 보이고 있었다.

아니면 내가 굶주린 건지도.

"우리 드라마의 메인 작가인 배정은 작가야. 하는 작품마다 히트를 치는 대단한 작가지."

"그렇군요. 반갑습니다, 작가님."

"…네, 김철 씨."

"자자, 새로운 사람도 왔으니 다시 마셔봅시다."

문 PD가 분위기를 주도했고 식탁엔 술이 오가기 시작했다.

직업이 주는 스트레스는 어느 직업이 크고, 어느 직업이 작다 할 수 없을 것이다.

평범한 직장인도, 화려해 보이는 연예인도, 두려울 것 없어 보이는 깡패도. 대부분의 사람들이 각자가 가진 직업에 대한 스트레스가 있었고 가장 손쉽게 스트레스를 푸는 방법 중 하나가 술이었다.

내가 생각하기에 술은 습관인 동시에 체력이었다. 많이 자주 마실수록 늘고, 체력이 좋을수록 잘 마셨다. 물론 알코올 분해 효소가 없는 사람은 예외지만 말이다.

그런 면에서 보자면 난 말술이었다.

지금까지 취해 본 적이 드물었고 술내기에는 져 본 적이 없었다.

'왜 못 먹여서 안달난 사람들처럼 구는 거야?'

후래자(後來者) 삼배를 시작으로 주변에 앉은 총괄 PD, 제작 PD가 한 명씩 돌아가며 술을 권했다.

테이블에 빠르게 술병이 쌓여가면서 취하거나 떠나는 사람들이 늘어났다. 그리고 취한 사람들의 말속에서 내가 불려온 이유를 어느 정도 짐작할 수 있었다.

"철이, 넌 배 작가에서 정말 잘해야 해. 너의 가능성을 한눈에 알아본 사람이 배 작가거든. 다음 주 대본 보면 너에 대해 얼마나 신경 썼는지 알 수 있을 거야."

전혀 고맙지 않았지만 배정은 작가를 보자 칭찬해 주길 바라는 아이와 같은 표정을 짓고 있었고, 마지못해 감사하다고 했다.

"…고맙습니다, 배 작가님."

"아니에요. 김철 씨를 보니 드라마 내용을 앞으로 어떻게 풀어 나갈지 떠올랐을 뿐이에요."

"촬영장을 혼란스럽게 했음에도 너그렇게 봐준 것도 고마운데 그렇게 봐주시다니… 한 잔 드실까요?"

삼십대 초반으로 보이는 배정은 작가는 나이답지 않게 얼굴 표정을 잘 숨기지 못했다. 아니, 다소 노골적으로 나에게 관심이 있다는 눈빛을 보내고 있었다.

'얼른 취하게 만들어 이 자리를 파해야겠군.'

술이 들어가면서 겨우 붙들고 있는 이성이 조금씩 흐려지고 있었다. 이러다가 정말로 본능만 남은 짐승이 되어 사고를 칠지도 모른다는 생각에 배정은 작가에게 술을 권했다.

"연기는 배운 적 있어요?"

염의 삶 자체가 연기의 끝판왕이나 다름없었다. 수많은 이의 기억을 읽어 간접적으로나마 그들의 삶을 체험했고 몸을 차지한 지 1분도 되지 않아 그들이 되어 행동을 할 수 있어야 하니 연기력이 없을 수가 없었다.

"없습니다. 한 잔 할까요?"

대화보다는 술잔이 빌 때마다 술을 권해 마시게 만들었고 곧 원하는 대로 배정은 작가는 취한 모습을 보였다.

'파장 분위기군. 일어나도 되겠어.'

다들 테이블에서 조금씩 떨어져 벽에 기댄 채 헤헤거리는 것이 누군가가 일어서면 다 따라 일어날 분위기였다. 그리고 때마침 문 PD가 나보다 먼저 일어나 파장을 선고했다.

"자! 내일도 촬영이 있으니 오늘은 여기서 마무리할까요? 혹시 부족해서 한잔 더 할 사람들은 날 따라오면 됩니다. 하하하!"

"잘 먹었습니다."

"인사는 내일 영호 만나면 하라고."

내 예상대로 다들 자리에서 일어나며 작별 인사를 했다. 그러나 예상치 못한 일이 일어났다.

"배 작가를 취하게 만든 김철 씨는 책임지고 집에 데려다 주도록 해. 알았지?"

말을 하는 문 PD의 얼굴을 보며 순간 '이게 뭐지?'라는 생각이 들었다. 그의 표정이 마치 뭔가 좋지 않은 일을 계획하는 악당처럼 보였기 때문이었다.

"엇! 조심하세요."

비틀거리며 일어나던 배정은 작가가 내 쪽으로 휘청거렸고 난 손을 뻗어 그녀를 부축했다.

'어라……?'

진짜 취한 여자와 취한 척하는 여자를 구분 못할 정도로 경험이 없진 않았다.

제10장

미래에서 온 메시지

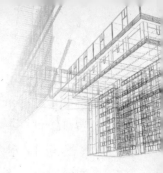

　밤새도록 아찔한 쾌락을 경험하고 새벽에야 겨우 잠이 든 배
정은은 눈을 뜨자마자 시계를 봤다.

　'벌써 11시 40분이네. 일어나야 하는데……'

　일어나야겠다는 건 생각뿐이었다. 싫지 않은 나른함에 손가
락 하나도 까닥하기 싫었다.

　다시 눈을 감으려던 그녀는 뭔가가 생각난 듯 눈을 떠 주변
을 둘러보았다.

　"…갔나?"

　아쉬움이 가득한 목소리로 중얼거린 그녀는 손으로 광란과
같았던 어젯밤을 보여주는 듯한 꾸깃꾸깃해진 침대보를 천천히
어루만졌다.

　처음 한두 시간은 지금껏 느껴보지 못한 쾌락에 그 순간이

끝나질 않길 바랐었다. 그러나 시간이 더 지나자 쾌락도 좋았지만 너무 힘들었다.

다행히 자신의 상태를 알았는지 사내는 끝을 냈고 안도의 한숨을 내쉬고 잠이 들었었다.

한데 잠을 푹 자서 체력이 약간이나마 돌아오자 어젯밤의 일이 다시 그녀의 심장을 뛰게 만들었다.

"인사라도 하고 가지……."

그녀 스스로도 원나잇을 위해서 김철을 침실로 불러들였다는 걸 알고 있었다. 지금까지는 자신이 깨어났을 때 남자가 있으면 짜증이 났는데 오늘은 옆에 없는 것이 아쉬웠다.

'재미있는 남자야.'

김철을 처음 본 것은 잘 써지지 않는 시나리오 때문에 드라마 촬영장을 구경 갔을 때였다.

호리호리하면서도 부드러워 보이는 외모와 달리 걸음걸이와 행동은 거친 야생의 수컷을 보는 듯해 보자마자 눈을 떼지 못했고, 스트레스를 풀기 위해 간혹 가는 호스트바의 호스트에게 전화를 해 예약하려던 생각이 사라질 정도로 그의 첫인상은 강렬했었다.

하지만 금세 김철은 어디론가 사라져 버렸고 그녀는 누구인지 묻지 않은 것을 무척이나 후회했었다.

한데 그녀의 마음을 하늘이 알았을까, 몇 시간 뒤 B팀의 촬영장에서 그를 다시 보게 되어 얼마나 기뻤는지 몰랐다.

김철은 외모만으로 그녀를 흔든 것이 아니었다.

악연을 맡은 배우가 인기 있는 배우라 나름 사연이 있는 악역을 만들다 보니 악역의 매력이 떨어지면서 시나리오가 지지부진하게 되었는데 김철이 연기한 캐릭터를 보고 막혀 있던 벽을 무너뜨릴 수 있었다.

삐릭!

이런저런 생각을 하며 얼핏 잠이 들려할 때 문 열리는 소리가 들렸다.

발자국 소리는 거침없이 거실을 가로질러 그녀가 있는 곳으로 다가왔다. 그리고 천천히 열리는 방문을 바라보는 배정은의 눈엔 의아함과 함께 약간의 기대감이 담겨 있었다.

"깼네? 아점으로 몇 가지 사왔는데 같이 먹을래?"

지금까지 하룻밤 자고 마치 연인이 된 듯이 반말을 하는 남자를 꼴불견이라고 생각했는데 김철이 하자 너무나 당연하게 느껴졌다.

"씻고 나와. 차려놓을게."

문이 닫히자마자 배정은은 침대에서 일어나 샤워실로 들어갔다. 샤워를 하고 밖으로 나가자 식탁에는 둘이 먹기엔 상당히 많은 음식이 차려져 있었는데, 샌드위치와 커피는 물론이고 시원해 보이는 동태찌개도 있었다.

"뭘 좋아할지 몰라서 종류별로 사왔어. 앉아."

"…그, 그래."

"훗! 반말하는 것 때문에 그래? 어제 네가 반말하라고 해서 하는 것뿐이야. 싫다면 높임말 쓸 테니 걱정 말아요."

'내가 말을 트자고 했다고?'

반말을 들으면 흥분하는 스타일도 아니었기에 그런 말을 했을 리가 없다고 생각했다. 하지만 어젯밤에 기억나는 건 아득한 쾌락의 느낌뿐이었다.

"괜찮아. 대신 밖에서는 조심해 줘."

"문을 나가는 순간 모든 것을 잊을 테니까 걱정 말고 맛있게 먹어."

왠지 서운해지는 말이었다. 하지만 내색하지 않고 숟가락을 들었다.

"어제 특별한 거 없었지?"

조용히 밥을 먹다가 입을 연 건 배정은이었다.

"응. 한데 한 가지 부탁이 있어."

"뭔데?"

"내 배역에 관한 얘기야."

동태찌개를 떠서 입으로 가져가던 배정은의 손이 그대로 멈췄다.

'하긴 목적이 있었으니 나랑 잤겠지.'

취한 척해서 집 앞까지 김철을 데려와 차나 한잔하고 가라는 말을 하려고 머뭇거릴 때 먼저 라면이나 달라고 한 건 김철이었다.

배려라고 생각했는데 지금 보니 목적이 있었던 것이다. 갑자기 기분이 팍 상하는 그녀였다. 말하지 않아도 충분히 그의 분량을 늘려줄 생각이었는데, 부탁이라는 말로 목적을 밝히니 밥맛이 떨어졌다.

탁!

"주연만큼은 아니더라도 넉넉하게 늘려줄게. 그리고 밥 다 먹으면······."

그녀는 숟가락을 식탁에 강하게 내려놓으며 말했다. 한데 나가 달라고 말하려는 찰나, 김철이 말을 끊으며 대꾸했다.

"누가 늘려 달래? 최대한 줄여 달라고."

"…뭐?"

잘못 들었다고 생각해 반문했다. 하지만 이어지는 말에 잘못 들은 것이 아님을 알 수 있었다.

"진행상 방해가 되지 않으면 최대한 줄여줘. 아예 없애주면 더 좋고."

"왜에~?"

"마지못해 하고 있지만 난 배우가 될 생각은 추호도 없거든. 그리고 지금 하는 말은 부탁이야. 들어주지 않아도 상관없어. 쩝! 어젯밤 너랑 잔 걸로 이득을 챙기려는 놈인 줄 알았나 본데, 난 그런 놈 아니다. 어쨌든 즐거웠다."

그녀가 숟가락을 내려놓는 행동에 기분이 좋지 않았는지 김철도 숟가락을 내려놓으며 자리에서 일어났다. 그리곤 바로 뒤돌아 나가버렸다.

삐릭!

문이 닫히는 소리에 정신을 차린 그녀는 김철에게 평소 호스트에게 하듯 대했다는 걸 깨달았다.

사과를 하기 위해 뛰어나갔지만 김철은 이미 사라지고 없었다.

*　　　*　　　*

"컷! 고생했어."

"후우~ 수고하셨습니다."

열 번 만에 오케이 사인이 떨어졌다. 가볍게 한숨을 내뱉은 난 상대 배우와 촬영팀에게 인사를 한 후 촬영 장소에서 벗어났다.

분량이 늘어나자 촬영 시간은 그 몇 배나 늘어났다.

촬영에 관한 모든 것이 부족하다 보니 촬영을 하면서 배워야 했고, 단역일 때와 달리 역할의 비중이 커지자 요구 사항이 많아졌다.

"쩝! 부탁이 아닌 협박을 할 걸 그랬나?"

배정은 작가와 밤을 지새운 후 아침을 먹다가 그녀의 말투가 마음에 들지 않아 한마디하고 뛰쳐나온 것에 대한 복수인지 분량은 줄기는커녕 갈수록 더 늘고 있었다.

찾아가서 다시 말을 해볼까 하다가도 해놓은 말이 있어 그러지 못하고 묵묵히 촬영에 임했다.

"송 PD님, 오늘 제 촬영 더 이상 없겠죠?"

다음 촬영을 위해 바쁘게 움직이고 있는 조연출에게 다가가 물었다.

"아마도요. 그런데 A팀 촬영이 빨리 끝나면 밤 늦게 있을 수도 있을 거예요."

"그럼 회사에 좀 다녀와야 할 것 같은데 괜찮겠죠?"

"촬영할 것 같으면 미리 연락드릴게요."

"고맙습니다! 드라마가 끝나고 시간되시면 제가 꼭 식사 대접하겠습니다."

송미연 조연출이 나에게 호감이 있다는 걸 알고 있었다. 그래서 그 점을 적절하게 이용해 틈틈이 회사를 다녀오고 있었다.

차를 타고 회사에 도착하자 해가 빌딩 숲 사이로 지고 있었다.

2층으로 올라가자 휴게실이 다소 소란스러웠다.

"무슨 일 있습니까?"

이민기 실장이 날보곤 인사를 하며 다가왔기에 엄지로 뒤쪽 휴게실을 가리키며 물었다.

"안 그래도 기다리고 있었습니다. 모두 사장님의 손님입니다."

"내 손님이라고요?"

창으로 흘낏 휴게실 안을 봤지만 내가 아는 얼굴은 아무도 없었다.

"사장님 팬클럽에서 나왔습니다. 어제부터 사장님을 꼭 뵙고 가겠다고 아침 일찍부터 와서 진을 치고 있습니다. 정식 팬클럽으로 인정을 해주고 사장님을 지원할 수 있게 사장님에 대한 정보와 스케줄을 알려달라고 하는데……."

"제가 연예계에 관심이 없다고 말해 줬습니까?"

이민기 실장은 대답을 하지 않고 우물쭈물 거리다가 결심한 듯 입을 열었다.

"…말하지 않았습니다. 사장님! 다시 한 번 생각해 보시는 게 어떻습니까? 팬클럽 인원이 벌써 삼천 명이 넘었고 하루에 수백 명씩 늘고 있답니다. 그뿐만 아니라 인터뷰 요청이 하루에도 몇 번씩 들어오고 있습니다. 물론 대부분이 인터넷 기사를 다루는 곳이지만 개중엔 꽤 이름난 잡지사도 있습니다. 그리고 방송 출연 의뢰도 들어오고 있고요 제가 볼 때 사장님은 스타의……."

"이미 끝난 얘기를 다시 하지 않았으면 좋겠군요. 저기 계신 분들껜 실장님이 잘 말해 주세요. 들어가 말할 용기가 도무지 나지 않는군요."

휴게실엔 온통 여자들뿐이었다.

3층으로 올라가 사무실 안으로 들어가자 석두가 앉아서 졸고 있다가 벌떡 일어났다.

"혀, 형님!"

"니가 여긴 웬일이냐? 지방에서 일주일간 촬영이라고 하지 않았냐?"

"그랬었죠. 헤헤헤."

"…사고 쳤냐?"

하는 양을 보니 백발백중 사고를 친 게 분명했다.

"그게… 사인 한 장 받겠다는데 매니저고 스태프고 다들 지랄하잖아요. 그래서 한마디 했죠."

"니가 잘도 말만 했겠다."

"뭐, 말하면서 내 손을 꺾으려던 녀석을 업어치기를 해주긴 했죠. 어쨌든 사인은 받긴 했는데 바로 촬영장에서 나가라더군요. 안 그래도 하루 종일 기다렸다가 한 컷씩 찍는 것이 짜증스러웠는데 잘됐다 싶어 그만두고 올라왔습니다."

시기의 문제였을 뿐 참을성이 없는 석두라면 언젠가는 한번 사고를 칠 것이라 예상하고 있었다.

"큰 사고 안 치고 끝난 게 다행이네. 어쨌든 잘 왔다."

"헤헤! 앞으로 형님 매니저나 하면서 얌전히 있을랍니다."

"나 말고 다른 사람 매니저 좀 해라."

"누구요?"

"연습생."

"아! 예쁘장하게 생긴 애 말이죠? 한데 연습생한테 매니저가 왜 필요합니까?"

"금방 데뷔하게 될 테니까 미리 친해지면 좋지. 그리고 그 애 집안에 대해서도 돌봐 주고."

"형님이 명하시면 따르기야 하겠지만……. 아! 알겠다! 형님, 설마 그 애를 키워서 먹으… 켁! 콜록콜록!"

헛소리를 하려는 석두의 목젖을 가볍게 수도로 쳤다.

"한동안 안 맞아서 몸이 근질근질하지? 오랜만에 시원하게 한 따까리 할까?"

"콜록! 아, 아닙니다. 제가 말을 실수했습니다. 키워서 드시려고… 으악! 사, 살려!"

난 오랜만에 손맛을 느끼며 시원하게 석두를 팼다.

석두와 회포를 풀고 책상에 앉은 난 미루었던 회사 업무를 봤다. 한참 일을 하고 있는데 석두가 쭈뼛거리며 날 불렀다.

"…형님."

"왜?"

"TV에 나오는 형님 모습을 봤는데 꽤 행복해 보였습니다."

모니터에서 시선을 돌려 석두를 바라봤다. 움찔 피하는 시늉을 하다가 내가 아무런 행동도 하지 않자 말을 이었다.

"그냥 그렇다고요. 그리고 이왕 살 거라면 스타가 되어 화려하게 살아보는 것도 괜찮지 않겠습니까? 전 형님 옆에서 더불어 즐기고요."

"어디서 무슨 소리를 들었는지 모르겠지만 주목 받는 건 질색이다. 넌 우리가 화려한 생활이 어울릴 거라고 생각해?"

"일반인들에게 피해준 것 없잖습니까?"

"됐다. 그 얘긴 그만해라."

"뭐 때문에 그런지 몰라도 혹시 형님을 해코지하려는 새끼들이 있으면 제가……."

"시끄러 쨔샤! 헛소리 그만하고 일어나. 저녁이나 먹고 집에나 들어가자."

가만 놔두면 무슨 소리를 할지 몰랐기에 말을 끊고 자리에서 일어났다.

"형님!"

"더 이상 말하면 나 진짜 화낸다. 2층에 가서 휴게실에 있는 여자들 집에 갔는지 살펴보기나 해."

"…알겠습니다."

오늘따라 왜 이렇게 난리인지 모르겠다.

2층에 내려갔던 석두는 팬들이 갔다고 내려오라고 손짓을 했고, 내려가자 이민기 실장은 굳은 얼굴로 서 있었다.

"알아듣고 모두 갔나 보군요. 수고했습니다."

"…말은 했지만 사장님께 직접 들어야겠다며 내일 다시 오겠다고 했습니다."

거의 모든 회사 일을 도맡아 하고 있는 이민기 실장을 더 압박했다간 그만두겠다는 말이 나올 것 같았기에 나 역시 한 발 물러날 수밖에 없었다.

"내가 직접 말을 하죠. 내일 점심때 촬영장 앞에서 점심이나 먹자고 팬카페에 올려주세요."

"알겠습니다."

몇 가지 지시를 더 내린 후 회사를 나온 석두와 난 저녁을 먹고 집으로 향했다.

"어? 형님, 불 켜놓고 나가셨어요?"

"글쎄……?"

내가 기억하기론 분명 모두 불을 껐었다.

호흡법을 마치자마자 나갈 준비를 했고 집안의 불을 끄자 너무 어두워 차의 라이트를 켠 채 출발을 했기에 더욱 또렷이 기억하고 있었다.

난 농장 주변을 살피며 차의 속도를 줄였다.

"실수로 한두 개를 켜뒀다면 이해가 되는데 집안 구석구석의 불까지 켜져 있는 것이 조금 이상한데요."

석두의 말처럼 농장에 온 후 한 번도 켜본 적이 없는 비닐하우스의 불까지 켜져 있었다.

"조심해라."

평소 주차하는 곳보다 약간 떨어진 곳에 차를 세우고 내렸다. 그리고 조심스럽게 집안 구석구석을 살폈다.

"…아무도 없는데요. 도대체 어떤 새끼가 이런 장난을 친 거지? 동네 꼬맹이들 짓인가?"

잔뜩 긴장하고 있던 석두는 아무도 없자 화가 나는지 바닥의 돌을 차며 투덜거렸다.

'이 위화감은 도대체 뭐지?'

아버지가 수련을 위해 농장을 구매한 후 증축과 수리를 몇 번이고 했었다. 그러다 보니 전원 스위치가 여기저기 숨어 있어 내가 모두 켠다고 해도 기억을 더듬어야 가능했다.

"아! 맞다!"

묘한 위화감에 긴장을 풀지 않고 집안을 다시 훑어보던 난 아버지가 지나가듯 얘기했던 것이 기억났다.

간혹 당신이 없는 틈을 타 동네 양아치들이나 지나가던 사람들이 집을 엉망으로 만들고 간다며 CCTV를 설치해 놨다는 얘기였다.

"뭔가 찾으셨습니까, 형님?"

내 소리를 듣고 석두가 달려왔다.

"아버지께서 설치해둔 CCTV가 있어."

"어디에요?"

어디에 설치해 뒀는지에 대한 기억은 없었다. 하지만 짐작되는 곳이 있었다.

농장을 샀을 때 아버지가 가장 먼저 만든 것이 몸을 숨길 수 있는 지하실이었는데, 농장에 머물 때면 대피 연습을 시키곤 했었다.

한쪽 벽으로 가 장판을 젖히고 바닥에 있는 버튼을 누르자 바닥의 일부가 열렸다.

"헐~ 이런 장치가 있었습니까?"

"내가 위험할까 봐 만들어 두신 거야."

"에에~? 형님이 위험해요? 군대가 몰려오지 않는 이상 위험할 일이 뭐가 있다고."

"…내가 삼두육비의 괴물이냐? 그리고 당시엔 초등학생이었다."

"형님이 약했을 때가 있었다니… 상상이 안 되는군요. 태어나자마자 성인 몇 명은 이겼을 것 같은데요."

길게 얘기해봐야 입만 아플 것 같았기에 대화를 멈추고 지하실로 내려갔다.

"어, 형님! 이 새끼, 여기도 들어왔나 본데요?"

"나도 보고 있다."

감시카메라와 연결된 모니터가 모조리 켜져 있었고, 그 앞에는 향초가 향기를 뿜으며 놓여 있었다.

죽은 아버지가 켜놓았다고 보기엔 향초는 길어야 하루정도면 사라질 크기였다.

'나만큼 나에 대해 잘 아는 자……!'

다른 사람이라면 누가 했는지 혼란스러워했을 것이다. 그러나 난 지금과 같은 상황을 염을 이용해 만들어낼 수 있었기에 단번에 알아차릴 수 있었다.

'내가 나에게 보내는 메시지!'

거추장스럽게 라이트를 켜고 지하실에 향초를 켜둔 이유는 분명 제약 때문일 것이다. 내가 첫 번째 인생을 바꾸려 할 때 과거의 김철에게 뭔가 말하려 할 때 튕겨버린 것처럼 말이다.

"남겨둔 메시지가 분명 있을 거야."

"네?"

"아무것도 아냐. 일단 CCTV부터 보자."

난 장비를 조작해 오늘 녹화 분을 살펴봤다. 그리고 오후 2시 쯤 한 사내가 농장 입구에 있는 CCTV를 향해 손을 흔드는 장면을 찾을 수 있었다.

"헐! 저 영감이군요. 등산갈 생각이었다면 그냥 등산이나 갈 것이지……."

등산복을 잘 차려입은 반백의 노인은 집안을 돌아다니며 불을 켰고, 지하실이 있는 방에서 15분 정도 지나 밖으로 나왔다.

"이제 가려나 보군요. 어? 저 영감탱이가 이번엔 벽에 낙서를 하고 있군요."

석두의 말처럼 카메라가 비추는 벽에 뭔가를 적고 있었다. 그러다 갑자기 정신을 차린 듯 주위를 돌아보며 어리둥절해했다.

염의 에너지가 다한 모양이었다.

"얼씨구! 갑자기 왜 도망가듯이 가버리는 거죠? 혹시 저 영감 노망든 거 아닙니까?"

"그런 거 같다."

"…심부름센터 애들 몇 명 풀어서 찾아볼까요?"

"됐다."

"하긴 잃어버린 것도 없으니. 어딜 가십니까?"

"무슨 낙서를 했나 보러."

집안에 모든 불을 켜고 지하실에 향초를 피워놓은 이유가 정체를 알리기 위한 것이라면 나에게 전하려고 하는 메시지는 벽에 적혀 있을 것이 분명했다.

지하실을 나와 낙서를 적어둔 곳으로 갔다.

수정, 주란, 미희, 아연, 희숙, 미나, 아름, 민정.

하얀색 벽에 여자 이름으로 보이는 여덟 개의 이름과 '그들이 원하는 ㄷ'까지 적혀 있었다.

"그 영감, 젊은 시절 엄청 놀았나 보네요. 온통 여자 이름밖에 안 적어놨군요. 안 그렇습니까, 형님? 큭큭큭큭!"

"쯧! 정신 사납게 굴지 말고 가서 TV나 봐."

정신 사납게 구는 석두를 보내고 혹시나 다른 글이 있을까 벽을 샅샅이 살폈다.

하지만 아무리 살펴봐도 더 이상의 글은 없었다.

"도대체 뭘 말하고 싶은 거냐?"

미래의 내가 뭔가 바꾸고 싶은 것이 있기 때문에 메시지를 남겼을 것이 분명했다.

한데 남긴 글을 아무리 되뇌어 봐도 도무지 알 수가 없었다.

제11장

직업과 취미

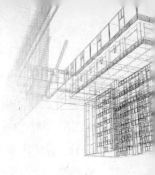

"뭐하냐?"

촬영장 한쪽 구석에 앉아 미래에서 온 메시지에 대해 생각하고 있는데 최상철이 커피를 내밀며 물었다.

"감사합니다. 그냥 이런저런 생각 중입니다."

"표정을 보니 꽤 심각한 문제가 보네?"

"쓸데없는 고민이죠. 시간이 지나 봐야 해결될 문제인 걸 알면서도 생각을 멈출 수가 없네요."

밤새 메시지에 대해 고민을 하고 이미 결론을 내린 상태였다.

여덟 명의 이름 중 아는 이름도 세 개가 있었지만 공통점이 전혀 없는 것을 보아 분명 미래에 알게 될 이름임이 분명했다.

즉 그 이름을 모두 듣게 될 때까지는 아무리 고민을 해봐야 소용이 없다는 얘기. 그럼에도 불구하고 메시지는 머릿속에서 떠나지 않았고 떨쳐 내려고 해도 자꾸 생각이 났다.

"무슨 고민인지 모르겠지만 그냥 마음 편하게 생각해. 어차피 모두 지날 일이고, 지나고 나면 별일 아니게 될 테니까. 흔히 미래는 정해진 것이 아니라고 하잖아. 마음먹기에 따라 얼마든지 변할 수 있는 일이야."

내 옆자리에 털썩 주저앉으며 최상철은 흔하디흔한 조언을 내뱉었다. 한데 특별할 것 없는 그의 조언이 지금의 나에겐 꽤 적절했다.

'그래! 내가 잘못된 길을 간다면 또 다른 메시지가 도착할 거야. 그게 아니라면 내가 해도 되는 일이잖아.'

고민하는 시간에 염을 언제든지 움직일 수 있도록 만들어 두는 것이 더 건설적이라는 생각이 들었다.

"후후! 얼굴 표정이 편안해지는 것이 내 말이 약간이나마 도움이 됐나보네."

"그러게요. 선배님 말씀이 확실히 도움이 됐습니다. 감사합니다."

"자식, 형이라고 부르라니까. 넌 너무 거리감을 두려는 경향이 있어. 마치… 떠날 사람처럼 말이야."

떠날 것이라는 말은 하지 않았다. 화면에 보이지 않으면 금세 잊히는 곳이 연예계 아니던가.

"근데 넌 쉴 땐 뭐하냐? 근육 보면 꽤 운동을 좋아하는 것 같은데 말이야."

"그냥 혼자 틈틈이 합니다."

"혼자하면 재미있냐?"

"운동을 재미로 하나요."

"하긴 요즘은 연기 연습보다 몸을 만드는 게 우선이니까 말이야. 한데 식욕을 억제하면서까지 몸 만들면 슬프지 않냐? 특히 그 맛없는 단백질을 먹으면서까지. 으~ 나도 해봤는데 도무지 단백질은 못 먹겠더라. 안 그러냐?"

"…하하."

무슨 말을 하려고 뜸을 들이는지 몰라도 잡설이 길게 이어졌다. 그리고 헬스 운동에 대한 단점에 대해 20분 정도 더 말하다가 본론을 꺼냈다.

"그러니까 내 말은 운동다운 운동을 해야 한다는 소리야. 거기에 연예계 인맥을 늘릴 수 있다면 금상첨화 아니겠어? 안 그래?"

"그, 그렇죠."

"그래서 하는 말인데 야구나 축구해 본 적 있어?"

"격투기 쪽이라면 모를까 구기 종목은 전혀요."

"잘됐네! 이번에 내가 속한 야구팀에서 신입 선수를 모집하고 있거든. 아무나 받지 않고 회원 추천이 있어야 하는데 내가 널 추천해 줄 테니 걱정할 것 없어."

"글쎄요, 그닥……."

거절하려고 하자 최상철은 내 말을 끊고 설명을 덧붙였다.

"운동만 한다고 생각하지 말고. 조금 전에 말했지만 인맥을 만드는 곳이라고 생각해. 물론 처음엔 그렇게 생각하고 시작해도 나중엔 인간적으로 사람들이 좋아질 거야."

"…생각해 보겠습니다."

"그래. 다음 주 화요일에 연습 있으니까 한번 견학이라도 해
봐. 마침 그날 촬영은 오후부터니까."

싫다고 말할 틈도 없이 최상철은 어깨를 툭툭 치고는 가버렸
다.

"약 주고 병 주는군."

가볍게 투덜거린 난 남아 있던 커피를 마저 빨고 자리에서
일어났다. 슬슬 팬클럽 사람들을 만나러 가야 할 시간이었다.

"모두 기다리고 있습니다."

음식점에 약속 시간보다 20분 먼저 도착했는데, 팬클럽 사람
은 벌써 도착해 있었던 모양이었다.

"…제가 들어가서 설명할까요?"

이민기 실장이 마음에도 없는 소리를 한다는 건 표정만 봐
도 알 수 있었다.

"괜찮습니다. 제가 마무리하죠. 참, 석두, 아니, 석훈인 출근
잘 했습니까?"

"예. 한데 그 친구를 정말 여지민의 매니저를 시킬 생각이십
니까?"

"문제 있습니까?"

"힘만 세다고 매니저를 할 수 있는 게 아닙니다. 허리를 굽힐
줄도 알아야 하는데……."

기본적인 교육을 받으라고 해 뒀더니 참지 못하고 성질대로
행동을 했나 보다.

"혹시라도 말을 듣지 않는다면 저에게 바로 전화하세요. 성질
머리는 제가 책임지죠."

"…알겠습니다."

이민기 실장과 대화를 마치고 팬들이 기다리고 있는 방으로 들어갔다.

'꺄아~' 하는 고음이 귀를 때렸지만 애써 무시를 하고 사과부터 했다.

"며칠간 회사에 찾아왔다는 말은 들었습니다. 번거롭게 해 죄송합니다."

"아니에요. 저희가 좋아서 한 일인 걸요. 만나서 반가워요. 팬클럽 '철이네'의 회장을 맡고 있는 강수정이에요."

강수정은 30대 초반의 여자로 꽤나 세련된 옷차림을 하고 있었다. 그녀를 시작으로 한 명씩 돌아가면서 자신을 소개했다.

"전 부회장을 맡고 있는 이주란이에요."

"카페지기인 정미희입니다."

"같은 카페지기인 박아연이에요."

……

한 명 한 명이 이름을 말할 때마다 뇌리에 번개가 내리꽂히는 것 같았다.

설마 팬이라고 찾아온 여덟 명이 미래의 내가 전하고 싶어 하던 메시지의 주인공들일 줄은 정말 상상도 못했다.

'미래에 무슨 일이 있기에 내가 연예인이 되어야 한다는 거지?'

여덟 명의 정체가 밝혀지는 순간 미래에서 온 메시지 또한 알 수 있었다.

팬이 원하는 것이야 당연히 연예계에서 활동하는 것이 아니겠는가.

"철이 오빠?"

부회장이라는 이주란이 고개를 들이밀며 부르는 소리에 정신을 차렸다.

"아! 미안합니다. 처음 보는 팬이라 너무… 감격스러워서. 자, 다들 앉으세요. 점심이나 같이하면서 얘기하죠."

미래에서 보낸 메시지치곤 다소 어이가 없었지만 분명 이유가 있을 터. 그렇다면 수긍하는 수밖에 없었다.

그리고 이왕 연예인으로 살아야 한다면 스타가 되는 것이 더 낫지 않겠는가.

"저희를 봐서 기쁘다고요? 실장님에게 듣기론 사정상 배우를 지속할 수 없다고 들었는데요?"

"개인적인 사정 때문에 잠시 쉴 수도 있다는 말이 조금 잘못 전달되었나 봅니다. 그리고 사정 또한 오늘부로 잘 해결돼서 쉴 이유가 없어졌습니다. 그래서 하는 말인데 며칠 동안 있었던 일로 기분 나빠하지 말고 지금처럼 저를 좋아해 주시면 고맙겠습니다."

난 사과를 하면서도 비굴하지 않고 당당하게 말했다.

"이런, 김철 씨를 설득하려고 일찍 와서 입까지 맞췄는데 다소 맥이 빠지네요."

"그러게요. 하지만 계속해서 오빠를 볼 수 있다니 기뻐요."

"맞아요! 근데 오빠, 가까이에서 보니까 TV보다 더 잘생겼어요."

대화는 금세 화기애애해졌다. 팬클럽 회장인 강수정을 제외하곤 쉴 새 없이 궁금한 점을 물었고 난 웃으면서 농담을 섞어 가며 대답을 했다.

"여자 친구는요?"

"없어."

"에이~ 저희한테까지 거짓말할 필요 없어요. 괜스레 나중에 인터넷에 데이트 사진 올라오면 더 큰 배신감을 느끼게 되거든요. 회사에서 말 못하게 하는 거라면 신경 쓰지 마세요."

"난 회사 신경 안 써. 내가 사장이거든."

"허걱! 정말이요?"

"응, 그리고 혈기왕성한 나이에 애인이 없는 게 흉 아닌가? 안 그래요, 수정 씨?"

누나나 누님이라고 부르는 걸 결코 좋아하지 않을 것이라는 생각했고 얌전히 있던 그녀의 반응에서 옳은 선택이었음을 알 수 있었다.

"호호! 맞아요. 숨어서 하는 것보다 차라리 솔직히 밝히는 게 더 낫죠. 애인이 생겨도 응원할게요."

식사가 거의 끝나갈 때쯤 노크 소리와 함께 이민기 실장이 문을 열고 말을 했다.

"슬슬 가야 할 시간입니다."

팬들과 만나기로 했을 때부터 만남이 시작되고 40분 뒤에 지금처럼 말하라고 그와 약속을 해둔 상태였다.

"촬영이 있어서 이만 일어나야겠다. 천천히 후식까지 맛있게 먹고 조심히 들어가. 다음에 보자."

난 여덟 명과 일일이 악수를 하고 사진을 찍어준 후 식당에서 나왔다.

"갑자기 왜 생각이 바뀌신 겁니까?"

촬영장으로 향하는 날 뒤따르며 이민기 실장이 물었다. 난 걸음을 멈추고 되물었다.

"엿듣는 취미가 있나 봅니다?"

"방음이 잘되지 않는 곳이라 들렸을 뿐입니다."

"탓할 생각은 없습니다. 어차피 할 얘기였으니까요. 두 가지 부탁이 있습니다."

"말하십시오."

"일단 내가 원활하게 활동할 수 있도록 해주세요. 그리고 회사를 좀 더 주도적으로 이끌어줬으면 합니다."

"주도적이라 하시면?"

"상무이사 자리를 맡아주십시오. 주식의 5퍼센트를 전환사채 형태로 드리죠. 아! 물론 월급은 지금의 두 배 정도밖에 못 드리지만 회사가 수익이 늘어난다면 더 받을 수 있을 겁니다."

"…권한도 늘어나겠군요?"

"이사니 당연합니다. 하지만 최종 결정권은 여전히 저에게 있음을 알아 두면 더 좋겠죠."

어차피 이민기 실장이 지금까지도 거의 도맡아 일을 하고 있었다. 하는 일은 비슷하겠지만 권한이 늘어나니 거부할 이유가 없는 제안이었다.

"한 가지만 허락하시면 하겠습니다."

"말하세요."

"사장님이 회사 소속 연예인으로 계약을 하고 계약서에 준해 행동하시다면 하겠습니다."

"그게 중요합니까?"

"회사보다 위에 있는 연예인만큼 골치 아픈 존재는 없으니까요."

"좋습니다. 이민기 상무 말대로 하죠."

사실 계약서 따윈 아무 소용없음을 이민기 상무도 잘 알고 있을 것이다. 다만 변덕이 죽 끓듯 하는 나에게 약간이나마 제동을 걸고 싶었는지도 몰랐다.

*　　　*　　　*

드라마 제작사의 사정으로 인해 오전에 촬영이 없었다. 그래서 최상철이 말한 야구팀이 훈련을 한다는 곳으로 갔다.

따악!

경쾌한 소리에 철망 사이로 운동장을 바라보았다.

줄무늬 야구복을 입은 이들은 캐치볼을 하거나, 배팅 연습, 혹은 수비 연습을 하면서 운동을 즐기고 있었다. 한데 열심히 뛰고 있는 그들을 보고 있으니 심장이 쿵쾅거리며 뛰기 시작했고 손발이 간질거렸다.

'움직이지 못할 때의 기억 때문인가?'

간질거리는 느낌을 없애려 손발을 가볍게 털면서 야구장 안으로 들어갔다. 그리고 캐치볼을 하고 있는 최상철을 향해 손을 흔들며 불렀다.

"상철이 형!"

"여어~ 왔냐?"

그는 캐치볼을 멈추고 가볍게 뛰며 다가왔다.

"오느라고 고생했다. 일단 감독을 맡고 있는 정기 형한테 먼저 인사하자."

야구복을 입고 있어서 멀리서는 누가 누구인지는 몰랐는데 희희낙락 야구단의 감독을 맡고 있는 이정기에게 인사를 하기 위해 운동장을 가로지르다 보니 TV에서 보던 얼굴들이 제법 보였다.

"안녕하세요, 선배님. 김철입니다."

"어서 와라. 드라마에서 보는 것보다 훨씬 부드럽게 생겼네?"

드라마에 깡패로 나온 것을 두고 한 말이었기에 가볍게 미소로 답했다.

"상철이에게 듣기론 야구를 해본 적이 없다면서?"

"예, 선배님."

"편하게 형이라 불러. 우리 희희낙락에선 입단하면 모두 형, 동생 부르면서 지내거든. 1, 2월생이면 고등학교 졸업년도로 정하니까 알아 두고."

"알겠습니다."

"일단 야구장이니 야구복으로 갈아입는 게 낫겠지? 상철아, 내 차 트렁크에 가면 여벌의 야구복과 신발이 있으니 챙겨줘라."

이정기가 던져준 차키를 받아 든 최상철과 난 차로가 옷을 갈아입었다.

이후 스무 명이 넘는 단원을 소개 받았는데 배우는 물론 개그맨, 연예계 관계자, 격투기 선수까지 다양한 사람들이 모여 있었다.

"모두 서른두 명인데 각자 스케줄이 있다 보니 다 모이진 못해. 보통 스무 명 정도 모여서 운동이나 시합을 하는 게 보통이야."

"가르쳐 주는 사람은 없습니까?"

"간혹 은퇴한 프로야구 선수 출신들이 와서 지도를 해주곤 해. 야구 시즌이 끝나면 선수들이 와서 봐줄 때도 있고. 기초를 배우는 건 걱정 마. 그 정도는 나도 어느 정도까지는 가르쳐 줄 수 있으니까."

"그렇군요. 뭐부터 할까요?"

"야구에 재미를 느끼기 위해선 무엇보다도 타격이 우선이지. 방망이 잡아 본 적 없지?"

"…네, 없어요."

사용해 본 적은 꽤 많았지만 용도가 달랐기에 없다고 말했다.

미래에서 온 메시지를 받은 후 내 인생은 서서히 바뀌고 있었는데 미래에 어떤 영향을 미칠지는 두고 볼 일이었다.

옆에서 최상철이 배 높이로 던져준 공의 실밥마저 선명하게 보였다. 속도와 포물선의 정도마저 확인하고 배트를 휘둘렀다.

틱!

중심을 향해 휘둘렀지만 밑에 맞았고, 공은 안전그물을 넘어 철망에 부딪혔다 떨어졌다.

"노노! 그렇게 휘두르면 안 돼. 무릎을 살짝 안쪽으로 구부린 상태에서 뒤에 있는 무게중심을 앞으로 보내. 그리고 그 힘을 허리부터 어깨까지 전달하고 그 힘으로 공을 친다고 생각해. 힘을 전부 빼고 일단은 마친다고 생각해봐."

"전사경처럼 해야 한다는 거군요?"

"전… 뭐?"

"아뇨. 대충 알겠어요."

일단 힘을 뺐다. 그리고 전사경을 이용해 몇 번 휘둘렀다.

"오! 좋은데. 근데 좀 맞춰 보는 게 어때?"

던지는 공이 번번이 빗나가자 최상철이 한마디 했고, 난 어깨를 으쓱하며 대답했다.

"감 잡았어요. 던져 보세요."

일반인에 비해 좀 더 빠르고, 강하고, 잘 볼 수 있다는 건 축복이었다.

자세가 잡히자 배트를 정확한 방향으로 휘두를 수 있었고 약간 더 뛰어난 동체시력은 느리게 던져진 공을 정확하게 칠수 있게 해주었다.

따악! 따악! 따악!

친다는 느낌도 없는데 경쾌한 소리와 함께 그물망이 한껏 부풀었다가 축 쳐졌다.

"와우! 소질이 꽤 있는데? 그럼 좀 더 어렵게 해볼까? 볼일 것같은 건 치지 않아도 돼."

치기 좋게 던져주던 최상철은 말이 끝남과 동시에 제멋대로 던지기 시작했다.

따악! 딱! 따악! 따악!

가전 무술의 가장 기본은 하체 단련이었다. 어느 상황에서도 적을 무력화할 수 있는 강력한 한 방을 먹일 수 있어야 했는데 그러기 위해선 콘크리트 기둥처럼 하체가 단단해야 했다.

야구도 비슷했다. 하체가 탄탄하니 까다롭게 오는 공도 힘을 제대로 주고 쳐낼 수 있었고, 집중력이 공을 놓치지 않게 했다.

"…끝입니까?"

한참이 지나도 날아오지 않는 공에 배팅에서 깨어날 수 있었다.

"응, 공이 없어. 근데 너, 정말 처음이냐? 2년간 야구를 한 나보다 어째 배팅을 더 잘하는 것 같다?"

"제가 집중력이 조금 좋은 편이죠."

"조금이 아닌 것 같은데?"

"뒤늦은 재능의 발견입니까?"

"그 정도는 아니고. 일단 공이나 주워 놓자. 사용했으면 원래대로 해놔야 하거든."

난 고개를 끄덕이면 여기저기 흩어진 야구공을 주워 플라스틱 통에 넣었다.

"어때?"

최상철이 한 아름 공을 안아 통에 넣으며 물었다. 앞을 잘라 먹은 물음이었지만 충분히 알아들을 수 있었다.

"재미있습니다."

"간혹 수비 연습을 하거나 수비할 땐 재미없을 수도 있어. 하지만 좋은 일만 할 수는 없는 법이잖아? 수비도 하다 보면 꽤 재미있다고."

"후후후! 걱정 마세요. 일단 시작하면 최선을 다하는 성격이니까요."

"오케이! 그런 마인드면 돼."

최상철과 야구에 대해 이런저런 얘기를 하며 공을 줍다 보니 금세 끝이 났다. 한데 그때 운동장 한쪽이 소란스러워졌다.

"아! 저 새끼 또 시작이네. 하여간 힘만 내세우는 애들은 받아주면 안 된다니까……."

격투기 선수라고 소개했던 도경환과 그와 동갑인 류동윤이라는 개그맨이 서로 멱살을 붙잡고 있었다. 정확하게 얘기하자면 류동윤은 넘어지지 않기 위해 힘겹게 붙들고 있다고 해야 할 것이다.

단원들은 일제히 둘이 싸우는 곳으로 모여들었고 나도 최상철을 뒤따랐다.

"이 씨발 새끼야! 다시 한 번 얘기해 봐. 뭐 어쩌고 어째? 니가 야구를 나보다 얼마나 했다고 지적질인데!"

"자, 자세를 바, 바로 하라는 게 그, 그렇게 기, 기분이 나쁘냐……?"

"기분 좆같다! 좋은 말도 계속 들으면 듣기 더러운 법이야! 씨발, 니가 뭔데 나한테 잔소린데, 응? 확! 좆만 한 걸 죽여 버릴 수도 없고!"

싸움이라기 보단 일방적인 폭력이나 다름없는 상황이었다. 도경환이 손을 좌우로 흔들 때마다 류동윤은 바람에 흔들리는 갈대처럼 좌우로 흔들렸다.

단원들이 둘 사이에 끼어들어 떼어놓으려 했지만 말리는 그들의 손은 그리 적극적이지 못했다.

"야! 도경환! 너 뭐하는 짓이야!"

이정기가 화가 잔뜩 난 목소리로 외쳤다.

그의 목소리에 도경환의 손은 일순 느슨해졌다. 그러나 류동윤이 빠져나가려하자 다시 손에 힘이 들어갔다.

"이 새끼가 나한테 계속 지랄이잖아요."

"뭐라고 했는데?"

얼굴은 일그러져 있었지만 일을 공평하게 처리한다는 것을 보여주려는지 이정기는 화를 억누르며 물었다.

"내가 공 던지는 걸 보고 이래라저래라 하잖아요. 한두 번이면 몰라도 계속 그러니 기분이 좋을 수가 없잖아요. 형이라면 화가 안 나겠어요?"

"내, 내가 언제? 어, 어깨 다칠지 모르니까 조, 조심하라고……."

"확! 씨발! 그게 그거지. 좆만 한 게 말 터고 지내니까 내가 존나 쉽게 보이지?"

참 어이없는 놈이었다.

마치 힘만 믿고 안하무인으로 지냈던 예전의 석두와 비슷하게 보였다.

물론 석두의 경우는 자신보다 약해 보이는 사람은 손도 안 대려고 했던 반면, 도경환은 약한 사람에게 자신의 강함을 보이고 싶어 한다는 차이가 있었다. 그리고 그 차이는 내 기분마저 나쁘게 만들고 있었다.

이정기도 나와 비슷한 기분이었는지 어금니를 꽉 물고 두 사람에게 다가갔고 도경환을 향해 말했다.

"그만해. 그리고 넌 오늘부로 우리 야구단에서 제명이다. 그러니 여기서 나가."

"…내가 뭘 어쨌다고요!"

"모르겠냐? 넌 야구보다 인성부터 먼저 배워."

"……!"

"류동윤이 한 말이 화가 날 일이냐? 난 오히려 잘못된 습관을 고쳐 줘서 고마워했을 거야. 물론 동윤이가 개그맨이다 보니 툭툭 내뱉는 습관이 있긴 하지. 하지만 습관 때문이라는 걸 모르는 사람은 오늘 온 김철 말고는 없을 거야."

"그래서 모든 것이 내 잘못이다?"

"사소한 일 때문에 문제를 일으킨 게 벌써 다섯 번째야. 너 때문에 그만둔 사람도 있고. 바로바로 사과를 했기에 참아왔지만 더 이상은 안 돼."

도경환은 꽉 쥐고 있던 류동윤의 멱살을 풀고 고개를 숙였다.

단원들은 그의 행동에 끝났다고 생각했는지 안도의 한숨을 쉬고는 긴장을 풀었지만 그의 꽉 쥔 두 주먹에서 시작된 가느다란 떨림이 온몸으로 번지는 것을 보아 폭발 직전이라는 걸 알 수 있었다.

그리고 내 예상대로 그는 폭발했다.

"이 씨발 새끼들아! 가재는 게 편이라더니 한통속이 되어 내가 잘못했다고 모는 거냐?"

"뭐?"

"그래, TV에 나오는 새끼들끼리 잘들 해봐라. 좆 같아서 내가 그만둔다. 퉤! 여기 있는 새끼들 혹시 밖에서 나 만나지 말게 해달라고 기도해라. 그땐 개망신이 뭔지 보여줄 테니까."

연예계도 사람 사는 곳이다 보니 모범적이고 착하게 살아온 이들도 많지만 그 반대되는 사람들도 많았다. 그리고 최상철은 후자 중 한 명이었다.

"진짜 홍어 거시기처럼 생긴 새끼가 격투기 좀 한다고 너무 아래위 없이 구는 거 아니냐?"

이정기가 말리려 했지만 이미 늦었다. 등을 보이고 가던 도경환은 걸음을 멈추고 뒤돌아섰다.

"…홍어 거시기?"

"그래 이 좆만아. 격투기 하는 게 무슨 벼슬이냐? 씨발, 막말로 대한민국에서 명함도 못 내미는 새끼가 일반인 앞에서 강한 척하는 꼴이라니 추하다. 여기 있는 사람이 널 두려워한다고 생각하겠지? 맞아. 두려워해. 하지만 그게 병신 같은 너에 대한 두려움이 아냐. 니가 경찰서에 가지 않으려고 주둥아리만 터는 것과 같은 이유지. 잃어버릴 것에 대한 두려움. 그뿐이야."

그의 재능인 수다가 빛을 발하는 순간이었다. 그러나 최상철은 한 가지를 간과했다.

좋게 말해 젊은 혈기, 나쁘게 말해 자신만의 세계에 빠져 사는 인간은 잃을 것보단 당장의 자존심을 더 중요시 여긴다는 점이었다.

"이 개새끼, 죽여 버린다!"

도경환은 최상철을 향해 살기를 발하며 뛰어왔다.

도경환의 행동이 마음에 들지 않은 것은 사실이지만 나설 생각이 없었다.

야구단 정식 단원이 아닌 내가 본 지 한 시간도 되지 않은 사람들의 말싸움에 끼어든다는 것이 다소 우스웠기 때문이었다.

한데 이젠 그럴 수가 없었다.

최상철은 도움을 주고 싶은 사람이었고, 더 이상 말싸움으로 끝날 것 같지 않아서였다.

난 최상철의 앞의 막아서며 달려오는 도경환의 양팔을 붙잡았다.

"씨발! 넌 또 뭐야!"

"이제 그만해."

"놔! 놓으라고 이 새끼야!"

내가 양팔을 잡는 것만으로도 도경환은 움쩍달싹도 할 수 없었다.

"그만하라고."

말로 끝낼 수 있으면 좋겠다고 생각했지만 화가 머리끝까지 솟은 도경환은 내손에서 벗어나기 위해 박치기를 하거나 로우킥과 니킥을 마구 날렸다.

양팔을 잡고 있는 상태였기에 그의 무게중심을 무너뜨리며 힘을 약하게 만들었지만 맞는 것은 어쩔 수 없었다.

'짜증 나는군.'

약하다고 하지만 맞는 것이 기분이 좋을 수가 없었다. 무엇보다도 참을 수 없는 건 고래고래 욕을 하는 도경환의 침이 얼굴에 맞는다는 것이었다.

"이거 놓으라고 개새끼야! 병신 같은……."

쫘악!

병신이라는 단어가 방아쇠가 되었다.

첫 번째 인생 때 민정수에게 당했던 일이 머릿속에 떠오르며 나 역시 화가 나버렸다.

난 잡고 있던 그의 팔을 놓으며 그대로 뺨을 후려쳤다. 화가 났음에도 다행히 냉정함은 잃지 않았다.

고등학교 시절 수련을 하다가 나무기둥을 부러뜨린 후부터 주먹을 쓴 적이 없었다. 조폭들과의 싸움에서도 손바닥만을 이용했다. 물론 그렇다고 해서 손바닥으로 전력을 다해 때린 적도 없지만 말이다.

털썩!

도경환은 뇌가 흔들렸는지 그대로 바닥에 주저앉았다. 그리곤 잠시 멍하니 앉아 있다가 자신의 상태를 알아차리곤 나를 향해 시선을 돌렸다.

"…니가 날 때렸냐?"

"맞고만 있을 수 없으니까."

"장님이 문 바로 들어간 격인가? 씨발, 넌 죽었어!"

도경환은 자리에서 비틀거리며 일어나 자세를 취했다. 본격적으로 해보자는 얘기였다.

"철아, 내가 도우마."

"형까지 나설 필요 없습니다. 뒤로 물러서세요."

최상철이 팔을 걷어붙이고 도우려 했다. 그의 마음씀씀이가 고마웠지만 괜스레 그가 나섰다가 집단 구타가 될 수 있었기에 살짝 밀어서 떨어지게 만들었다.

"다시 때려봐, 이 개새⋯⋯!"

짝! 짝! 짝!

욕을 하면서 숨을 다 뱉었을 때 바싹 다가가 연속 세 방을 쳤다. 그리고 한 방 더 날리려는 찰나 도경환은 주저앉았고 기우뚱 쓰러지며 그대로 흙바닥에 얼굴을 처박았다.

"⋯⋯!"

"너⋯ 너, 엄청 강하구나?"

야구단원들은 모두 놀란 눈이 되어 날 바라봤고 최상철은 말을 더듬거리며 엄지를 추켜올렸다.

"운동을 약간 해서⋯⋯."

"어쨌든 더 이상 손대지 마라. 지금이라면 우리가 증언을 하면 정당방위가 될 수 있지만 더 이상 때렸다간 네 인생이 꼬일 거다."

최상철의 말이 옳았다.

단원들의 시선이라도 없다면 철저하게 굴복시켰겠지만 지금은 여기까지가 한계였다.

술 취한 사람처럼 비틀거리며 일어난 도경환은 더 이상 욕을 하지 않고 조용히 운동장을 가로질러 밖으로 향했다. 하지만 가끔씩 뒤돌아 날 볼 때의 눈빛은 원망과 원독이 가득했다.

'오랜만에 보는 눈빛이군.'

중학교 때 이후로 처음 보는 눈빛에 지금이라도 쫓아가서 교육을 시키는 것이 어떨까 싶었다. 그러나 곧 그 생각은 머리에서 지웠다.

눈빛을 보면 머지않아 찾아올 것이고, 그때 제대로 교육을
시켜주면 되는 일이었다.

제12장

때론 하기 싫은 일을
해야 할 때가 있다

맑은 하늘에 새하얀 구름들이 뛰어놀고 있는 가을.

내리쬐는 햇살은 따갑지만 그늘에 앉아 있으면 서늘한 바람이 기분 좋게 불어온다.

"철이 오빠~!"

동물원의 동물이 된 듯 많은 사람들에게 둘러싸인 채 하늘을 보고 있는데 날 부르는 소리가 바람을 타고 들려왔다.

그림 같은 가을 하늘에서 소리 나는 방향을 향해 시선을 돌렸다.

스탠드처럼 높은 잔디밭에 백여 명이 앉아 있었고 개중에 '김철 사랑해.' 등 내 이름이 적힌 작은 플래카드를 든 사람들이 손을 흔들고 있었다.

난 옆에 앉은 사내—TV에선 봤지만 실제로 본 건 오늘이 처음인―에게 물었다.

"병관이 형, 촬영은 언제쯤 시작할까요?"

연예인이 되기로 마음먹은 이상 적응을 해야 했고 난 생각보다 빠르게 적응하고 있었다.

처음 보는 사람들과 인사를 하며 나이를 물었고 그 다음엔 자연스럽게 말을 트기 위해 노력했다. 물론 싫어하는 내색을 보이는 사람에겐 거리를 뒀다.

"내가 보기에 한 30분 정도 걸릴 것 같은데… 왜, 무슨 할 일 있어?"

"팬들이나 보고 올까 해서요."

"자유 시간엔 마음대로 해도 돼. 근데 아까도 갔다 오지 않았어?"

"새로운 사람이 온 것 같아서요."

"처음엔 다들 너처럼 부지런했지. 다녀와."

아침에도 팬들과 인사를 했었다.

'지금쯤 외국에서 놀고 있어야 하는데……. 망할 상무 같으니라고.'

이틀 전 내 분량의 드라마 촬영은 끝이 났다. 하지만 어디도 놀러갈 수가 없었다.

이민기 상무는 물 들어온 김에 노를 저으라고 인기가 조금 생긴 지금이 기회라며 스케줄을 잡으려 노력했고 그 결과 일요일 오전에 하는 '출동 드림단'이라는 오래된 예능 프로그램에 게스트로 출현하게 되었다.

게다가 언제 어디든 출연할 수 있을지 모르니 사장으로서의 내가 아닌 연예인인 나에게 대기를 명령했다.

"꺄아~ 오빠!"

방벽에 가까이 다가가자 양손을 흔들며 반겨줬고 나 역시 손을 흔들며 그들에게 화답했다.

"점심은 먹었어요?"

"네! 오빠!"

내가 식당에서 팬들을 만났을 때와 달리 존댓말을 쓰는 이유는 내 팬들의 대부분이 나보다 나이가 많아서였다.

지금 오빠라고 부르는 이들 역시 마찬가지. 대학생으로 보이는 이들도 소수 있었지만 대부분이 좋게 말하면 미시였고, 삐딱하게 말하면 아주머니들이었다.

물론 나를 좋아하는 팬이라는 것이 중요하지 그들의 나이는 상관없지만 말이다.

같이 사진을 찍고 악수를 하는 것으로 새로 온 팬들에게 인사를 하고 나자 그들은 방벽에서 물러나 조용히 자리로 돌아가 앉았다.

"또 올 줄은 몰랐네요."

팬클럽 회장인 강수정이 사진 찍는 걸 방해하지 않는 위치에 서서 말했다.

"새로운 분들이 온 것 같아서요. 할 일도 없이 앉아 있는 것보단 좋잖아요."

"경력을 보니 이번 드라마를 찍기 전까진 연예계와 무관하게 살아온 것 같던데 팬들의 환심 사는 법을 잘 아는군요?"

"옆에 잔소리꾼이 붙었거든요. 수정 씨도 아는."

"이민기 실장님 말인가요?"

"이젠 상무죠. 후회하긴 이미 늦었지만요."

"이민기 상무님에게 선물이라도 하나 보내야겠네요. 덕분에 김철 씨 얼굴을 실컷 보게 되었으니 말이에요."

"이왕이면 폭탄을 선물해 주세요."

"호호호! 그나저나 오늘 멋진 모습 보여줄 거죠?"

"글쎄요, 완주는 할 수 있을 것 같군요."

오늘의 게임은 5종 경기였다.

1단계는 빙빙 돌아가는 4개의 원통을 건너는 것이고 2단계는 움직이는 장애물이 있는 외나무다리를, 3단계는 70도 정도 기울어진 벽을 늘어진 줄들을 이용해, 4단계는 기구를 타고 활강을 해서 건너는 것이었다. 그리고 마지막으로 죽자 살자 뛰어 버튼을 누르는 것으로 끝이 난다.

사실 장애물 자체는 걱정이 되지 않았다. 실수만 하지 않는다면 통과할 자신이 있었기 때문이다. 정말 걱정되는 건 다름 아닌 경기를 시작하기 전에 하는 개인기였다.

방송이다 보니 돌발적인 것은 거의 없었다. 내가 받을 질문과 할 개인기는 이미 정해져 있었다. 다만 어떻게 대답할지 어떻게 행동할지는 온전히 내 몫이었다.

드라마에서 했던 자세를 취하다가 우스꽝스럽게 넘어져도 좋았고 더 특별한 자세를 보여줘도 괜찮았다.

"지금도 그렇지만 앞으론 예능이 방송 전체에 커다란 영향을 미칠 겁니다. 올 12월에 종합편성채널이 개국을 하면 더욱더 커지겠죠. 예능에 재능이 있다는 걸 보여주십시오."

"어떻게?"

"개인기 몇 개 가르쳐드릴까요? 서당개 삼 년이면 풍월을 읊는다고 매니저 하면서 배워둔 게 있는데……."

"…일단 들어나 보죠."

…….

결론만 얘기하자면 난 개인기에 재능이 없었다. 또한 남을 웃기기엔 너무 진지한 삶을 살아왔다. 최후의 보루라고 할 수 있는 염일 때의 유머 감각이 있었지만 그건 인간적인 것과 거리가 멀었다.

"김철 씨는 어떤 것을 잘하죠?"

사회자인 배형식이 물었다.

"글쎄요, 특별한 건 없습니다. 그저 기억력이 조금 좋다는 정도죠."

"오호! 잠깐 테스트 좀 해봐도 되겠습니까?"

"물론이죠."

앞에 앉아 있던 작가들은 스마트폰을 이용해 뭔가를 적었고 배형식에게 전달되었다.

"100개쯤 적혀 있는데 10초간 보여주겠습니다. 얼마나 외우는지 보죠. 참! 혼자하면 안 되니까 드림단의 두뇌이자 예일대 휴학생인 아이돌 슈진과 비교해 보는 걸로 합시다."

슈진이 나왔고 우리 둘은 동시에 종이에 적힌 단어들을 보았다.

100개의 국가 이름. 10초라면 다 읽는 것조차 불가능한 시간이었다. 그러나 난 종이를 전체를 사진으로 찍어 머릿속에 보관할 수 있었다.

"누가 먼저 할까요? 김철 씨가 먼저 하실래요?"

"괜한 일로 머리를 쓰게 된 슈진 씨에게 결정권을 주겠습니다."

"이런, 이런, 기억력보다 잔머리가 좋은 것 같군요. 먼저 말하게 해서 기억하려는 생각이죠?"

"웁스! 티가 났습니까?"

"하하하! 많이요. 슈진, 어떻게 할래요. 먼저 한다면 저쪽 안 들리는 곳에서 말하면 됩니다."

"당연히 먼저 해야겠네요. 그리고 빨리 서둘러 주시겠어요. 지금도 잊어버리고 있거든요."

나이는 어리지만 방송을 오래 한 친구답게 너스레를 떨며 분위기를 밝게 만들었다. 그리곤 한쪽으로 가서 기억한 것을 말했다.

"와우! 그 짧은 시간에 스무 개를 외웠군요. 사실 전 앞에 두 개를 제외하곤 기억도 나지 않는데 말이죠. 자, 이제 기억력이 좋다는 김철 씨 차례군요."

"말하면 됩니까?"

묻고 난 다음 머릿속에서 두 가지가 상충되며 소용돌이쳤다. 서너 개 말하다가 틀릴 것인가, 모두 맞힐 것인가?

단 몇 초도 되지 않는 시간이 이토록 길 줄은 생각도 못했다.

'마치 내 삶과 비슷하군.'

염을 이용해 두 번째로 과거를 바꾸고 세 번째 인생을 시작한 뒤 일단은 흐르는 대로 두고 있었다.

김철이 깡패를 그만두고 아버지의 사업체를 물려받으려 한 것도 그대로 따랐고 우연찮게 하기 시작한 드라마도 어영부영하며 이끌려왔다.

이미 2주 전에 미래에서 온 메시지에 대해 알아내고 결정을 내렸었다. 그러나 지금 이 순간까지도 혹시 놓친 것이 있는지 생각해왔다.

그리고 지금 숨겨진 의미를 알 것 같았다.

'비약일수도 있겠지만 말이야.'

어쨌든 이제 모든 것이 명명백백해졌다.

"…내 뜻대로 살 거야."

"네?"

"아! 아무것도 아닙니다. 잊을 것 같으니 얼른 시작하자는 얘기였습니다."

"그렇군요. 그럼, 시작!"

"프랑스, 영국, 태국, 대만, 인도, 오스트레일리아… 카자흐스탄, 세인트크리스토퍼 네비스, 우크라이나. 이상입니다."

난 단숨에 기억을 읽어 내려갔다.

"…헐! 마치 사진과 같은 기억을 가지고 있군요. 놀랍습니다."

촬영팀은 내 기억력에 대해 사람들의 반응을 카메라에 담으며 수선을 떨었지만 잠시뿐이었다. 해야 할 촬영은 많았고 시간을 짧았다.

"김철 씨 나오는 드라마를 보고 있는데 얼마 전에 손가락만으로 물구나무를 서서 팔굽혀펴기를 했었죠?"

"네."

"그게 CG가 아니라면서요?"

"네, 어릴 때부터 운동하기를 좋아해서 하다 보니 되더군요."

"그럼 진짜인지 보여주시겠습니까?"

"물론이죠."

난 입고 있던 윗옷을 벗으며 가볍게 몸을 풀었다. 물론 대본에 있는 내용대로였다.

"옷은 왜 벗는 겁니까? 일요일 오전에 가족들이 보는 프로그램입니다."

"작가님들이 보고 싶었는지 대본에 적혀 있더군요. 다시 입을까요?"

'옷이 거추장스러워서'라고 대본엔 적혀 있었지만 그렇게 대답하지 않았다.

배형식은 중간에 잠깐 쉬긴 했지만 10년이 넘게 MC를 해왔고 평소 대본보다는 애드리브 위주로 방송을 하기로 유명했기에 별문제 없이 내 말을 받았다.

"바라는 사람들이 많을 테니 그냥 하죠. 옷을 입었다간 작가들에게 맞을 것 같군요."

"하하하! 그럼 시작하죠."

난 드라마에서 보여줬던 자세를 취했다. 그때와 달리 앉은 자세에서 물구나무를 서기까지 20초도 되지 않았고 가볍게 팔굽혀펴기를 몇 번하다가 일어났다.

"와우! 대단하군요. 오늘 기대해 봐도 좋겠는데요. 어디까지 갈 것 같습니까?"

"삼 단계는 넘지 않을까 싶은데요."

요즘 유행이라고 할 수 있는 자신만만, 유아독존 캐릭터로 나갈 수도 있었지만 내 스타일이 아니었다.

"하긴 드림단에 처음 온 사람에겐 보기보단 어려울 겁니다. 자, 그럼 출발대로 올라가시죠."

옷을 입고 삼 미터 정도 되는 출발대에 올라갔다.

앞서 한 네 명은 삼 단계를 넘지 못하고 탈락했었는데, 그 때문인지 배형식은 아나운서 자리에 앉아서 말을 더하는 또 다른 MC와 내가 삼 단계에서 떨어질 것 같다는 얘기를 하고 있었다.

앞서 장애물 경기를 했던 드림단의 멤버처럼 구경하는 사람들에게 인사를 한 난 출발선 앞에 섰다.

대기하는 곳을 찍는 카메라를 제외한 모든 카메라와 사람들의 시선이 나를 향하다 보니 긴장이 살짝 됐다.

'떨어지면 죽는다는 각오로 해야겠군.'

몸이 굳을 정도의 긴장은 나쁘지만 적당한 긴장은 전투력을 상승시켰다.

왼손으로 빨간색 버튼을 눌렀다.

퓌쉬이이이익!

이산화탄소가 뿜어져 나오는 소리와 함께 빙글빙글 돌고 있는 첫 번째 디딤 통을 향해 몸을 날렸다. 그리고 돌고 있는 바닥을 밟는 순간 다음을 향해 뛰었다.

—와우! 단숨에 1단계를 통과하는군요.

1단계를 통과하자마자 몇 발자국 앞에 2단계가 있었다. 장애물이 돌아가는 속도를 보고 살짝 속도를 늦추며 2단계에 진입했다.

—너무 급한 것 같은데요. 이럴 때일수록 침착하는 것이… 아! 거침이 없습니다. 마치 장애물들이 길을 열어주는 듯하군요. 2단계를 통과했습니다. 현재 시간 15초. 대단하군요. 아! 김철 선수, 쉬지 않고 바로 3단계로 진입합니다.

'시끄럽군.'

3단계, 70도 기울기의 벽에 달린 줄을 잡고 난 원숭이처럼 날렵하게 통과했다.

＊　　　　＊　　　　＊

"드라마 '열정'과 출동 드림단에 나온 김철 씨죠?"

장기 기증 운동 본부의 직원은 내가 내민 서류와 얼굴을 번갈아보며 물었다.

"아, 예."

"정말 대단한 일 하시는 거예요."

"그리 대단할 것도 없다고 생각하지 않습니다만……."

살짝 부끄러웠다.

뭔가 대단한 희생정신을 가지고 장기 기증 서약에 사인을 한 것은 아니었다. 그저 지난번처럼 9개월 치의 에너지를 얻기 위한 행위였다.

이번 일 역시 또다시 과거가 바뀌면서 없었던 것으로 된다면 난 다시 에너지를 얻기 위해 증서에 사인을 할 것이다.

"충분히 자랑할 만큼 대단한 일이에요."

"…그리 생각해 주시니 고맙습니다. 한데 전 시끄러운 건 질색입니다."

"아! 걱정 마세요. 비밀은 절대적으로 지켜질 테니까요. 접수되었습니다."

"어라……?"

"뭐가 잘못되었나요?"

잘못되었다. 9개월 치의 에너지가 들어와야 하는데 에너지양에 전혀 변화가 없었다.

'그땐 서류에 사인만 해도 에너지가 차올랐었는데……. 뭐가 잘못된 거지?'

난 혼란스러운 표정을 지우며 말했다.

"아, 아닙니다. 혹시나 해서 묻는 건데 제대로 접수가 되었습니다."

"물론이에요. 여기 등록증과 배지가 있어요. 등록증은 지갑에 소지하시면 되고 스티커는 신분증에 부착해주시면 돼요."

"…예, 알겠습니다."

"저… 제가 김철 씨 팬인데 실례가 안 된다면 사인을 부탁드려도 될까요?"

"기꺼이."

내 팬들이 다 장기 기증 운동 본부와 그들과 관련된 사람들인지 난 이십여 장의 사인과 사진을 찍고 밖으로 나와 차에 올랐다.

"똑같은 일을 반복하면 안 된다는 건가? 후후!"

9개월 치의 에너지가 아깝긴 했지만 똑같은 일로 에너지를 얻을 수 없다는 사실을 알게 되었으니 그걸로 족했다.

"어디로 가지 말입니까?"

매니저로 일하다 군대를 갔다가 며칠 전 제대를 한 후 나의 매니저가 된 임병호가 운전석에서 물었다.

"특별한 스케줄은 없지?"

"예. 이틀 뒤에 드림단 촬영 때까진 아무 일도 없습니다."

드림단에서 압도적으로 우승을 하면서 3주 연속 출연을 하고 있었다.

"회사로 가자."

"알겠습니다."

어딘가에 가기엔 어정쩡한 시간이었기에 습관처럼 회사로 향했다. 입구를 지나 2층으로 올라가자 이민기 상무가 책상에서 일어나며 인사를 했다.

"오셨습니까?"

"네, 한데 사무실도 마련되었는데 여전히 밑에 있는 겁니까?"

"여기가 편합니다."

자신이 편하다는데 어쩌겠는가.

난 이민기 상무와 간단히 업무에 대한 얘기를 한 후 사무실로 올라갔다. 책상에 앉아 간단히 결재를 마치고 인터넷으로 해외 여행지를 검색하고 있을 때였다.

노크소리와 함께 누군가가 들어왔다.

'피 냄새!'

미약하지만 분명 피 냄새였기에 들어온 사람을 봤다.

석두였다.

촐랑거리며 인사를 하는 석두는 멀쩡해 보였다. 그 말은 석두의 몸에서 풍기는 피 냄새가 그의 것이 아니라는 얘기였다.

"누굴 팬 거냐?"

"에? …어떻게 아셨습니까?"

"피 냄새가 진동을 한다."

"헐~ 진짜 개코시군요. 킁킁! 저한테는 아무 냄새도 안 나는데요?"

"장난치지 말고 설명해봐."

"별거 아닙니다. 지민이가 학원에서 나오는데 웬 놈들이 그 애를 끌고 가려고 하잖아요. 그래서 따끔하게 손 좀 봐줬습니다."

"무슨 이유로?"

"이유요? …글쎄요, 예쁘게 생겨서 납치하려던 것 아니겠습니까?"

"묻지도 않고 팬 거냐?"

"차에 태우려고 해서 물을 시간도 없었습니다. 조금만 늦었어도 놓쳤을 겁니다."

'때리다 보니 묻는 걸 잊은 거겠지.'

석두는 일단 싸움을 시작하면 광전사처럼 자아를 잃고 날뛰는 버릇이 있었다.

"쯧, 납치된 것보단 낫겠지. 지민인?"

"연습실에 있습니다."

"오늘부터 한시도 떨어지지 마라. 집에 들어가지 못하게 하는 것도 좋겠지."

"…심각한 일입니까?"

대수롭지 않게 생각하고 있던 석두는 내 말에 심각한 표정으로 물었다.

"약간."

여지민의 기억을 다 읽었다곤 하지만 지금 일어나고 있는 일에 대해서는 몰랐다. 과거가 바뀌면서 그녀의 인생도 예전과는 전혀 달라졌기 때문이었다.

다만 그녀의 집안 형편을 알고 있었기에 짐작만 할뿐이었다.

"한동안 고생해야겠군요?"

"며칠 걸리진 않을 거야. 납치까지 하려던 놈들이 참을성이 있을 리 만무하지."

며칠 내로 또다시 찾아올 것이라 예상했지만 놈들의 성격은 내가 생각했던 것보다 훨씬 급했다.

—사, 사장님. 웬 험악한 사람들이 지민이를 찾아 왔는데요.

석두가 들어온 지 1시간도 되지 않아 인터폰으로 이민기 상무가 떨리는 목소리로 말했다.

"내려가죠."

대답을 한 후 사무실을 나오자 석두 역시 아래층에서 들리는 소란에 눈치를 챘는지 기다리고 있었다.

"넌 일단 기다리고 있어라."

"제가 해결하겠습니다, 형님!"

석두는 살기 가득한 목소리로 싸늘하게 말했다.

"우린 더 이상 깡패가 아냐. 그리고 지금은 네가 보이지 않는 편이 더 좋아. 해줘야 할 일도 있고."

"생각이 있으시군요?"

"언제 내가 의미 없이 움직인 적이 있었나?"

"큭큭큭! 무지 많았죠."

"과거는 잊어. 오늘은 의미가 있으니까."

석두에게 몇 가지 지시내린 후 1층을 내려갔다.

덩치 큰 사내들이 안전 문을 부술 듯이 흔들고 있다가 나를 확인하고는 뒤로 물러섰다.

"당신이 이곳 사장이오?"

문을 열고 나가자 덩치 한 놈이 입 냄새를 풍기며 물었다.

"그렇소. 근데 댁들은 누군데 이 앞에서 소란을 피우는 겁니까?"

"그건 내가 말하지."

덩치들과 다르게 작은 키에 탄탄하게 생긴 사내가 앞으로 나서며 말했다.

덩치들에 비하면 왜소하고 볼품없이 보였지만 눈빛은 그가 깡패들 중 두목이라는 걸 보여주는 듯했다.

"여지민 학생이 이곳에 다닌다고 들었소만."

"저희 회사 연습생이죠."

"지민 학생에게 할 얘기가 있어서 왔는데 잠깐 만날 수 있겠소?"

"지민이랑 어떤 관계죠?"

"지민이 아버지인 여흥구랑 자~ 알 아는 사이요. 여흥구가

전하라는 말이 있어 왔는데 문제 있소?"

"아닙니다. 한데 미안하지만 지민인 지금 없습니다."

"거짓말이 꽤 능숙하군요. 참! 그리고 지민이랑 다니는 친구도 보고 싶소. 그 친구가 내 동생들을 귀여워해 주었더군요."

"정말 없습니다. 원한다면 올라가서 마음껏 살펴봐도 좋습니다."

난 마음껏 살펴보라는 듯이 입구 문을 열면서 한쪽으로 섰다. 그리고 말을 이었다.

"지민이와 매니저는 지금쯤 아마 경찰서로 가고 있을 겁니다. 조금 전에 납치를 당할 뻔했다고 해서 경찰에 보호 요청을 하라고 보냈습니다."

"……!"

경찰이라는 말에 사내는 인상을 와락 구긴 채 말을 하지 못했다. 그리고 한참을 내 눈을 바라보며 입을 씰룩대다가 갑자기 웃음을 터뜨렸다.

"하하하핫! 꽤나 대범한 친구로군. 좋아, 좋아! 우리 쪽과 완전히 무관한 것 같지 않으니 쉽게 말이 통하겠군. 차나 한 잔 하면서 잠깐 얘기나 하는 게 어떻소?"

"그러죠."

깡패들과 회사 근처에 있는 카페로 자리를 옮겼다.

"말이 통할 것 같으니 솔직히 말하겠소. 여홍구에게 받을 돈이 있소. 한데 그 인간은 갚을 능력이 없어. 그래서 딸에게 받을 생각인데 어떻게 생각하시오?"

"여지민은 고등학생입니다."

"고등학생이 더 비싸지. 뭐 처녀라면 더 많이 받을 수 있겠지만 요즘 애들이 얼마나 까졌는지 처녀 찾기가 하늘에서 별 따기라는 건 나보다 젊은 사장이 더 잘 알고 있지 않소? 하하핫!"

법도 안 지키는 이들에게 도덕을 들먹여봐야 소용없는 짓이었다. 그리고 눈앞에 있는 이들은 무슨 짓을 하더라도 여지민에게 돈을 받아낼 것이다.

"빌렸으면 무슨 일이 있어도 갚아야겠죠. 한데 여지민이 스타가 된다면 금방 갚을 수 있지 않겠습니까?"

"확실하게 벌 수 있는 방법이 있는데 굳이 기다려야 할 이유가 있겠소?"

"결국 여지민을 데려가서 술집이든 어디든 팔아넘기겠다는 소리군요?"

"다른 방법도 있소."

"뭡니까?"

"간단하오. 당신이 여지민을 사 버리면 되지 않겠소?"

의미심장한 표정으로 웃고 있는 사내를 보며 난 하나의 깨달음을 얻을 수 있었다.

여지민의 인생을 망가뜨리고 그녀를 자살에 이르게 한 요인은 많았다. 스타가 되고자 했던 그녀의 갈망도 한몫을 했다고 생각했다. 한데 그중 가장 큰 요인은 뭐니 뭐니 해도 그녀의 아버지 여흥구였다.

'인생이 바뀌려면 가장 큰 원인을 제거해야 하는군.'

나에게 있어선 약한 몸이 불행의 원천이었고, 여지민에겐 여흥구가 불행의 원천이었다.

"어린 여자에겐 관심이 없는데… 여홍구의 빚이 얼마나 되죠?"

난 짐짓 관심이 없는 척하며 빚이 얼마인지 물었다.

"오늘까지 1억 7천 6백. 산다면 우수리 6백과 우리 애들 치료비는 빼주도록 하겠소."

"음, 그 애가 그만한 가치가 있다고 생각합니까?"

"만들기 나름 아니겠소? 장담하건대 난 그 몇 배는 뽑아낼 수 있소."

"그런데 왜 나에게 팔려는 겁니까?"

"오래 끄는 건 질색이라. 하하핫핫!"

난 한참을 고민하는 척하다가 답했다.

"현금화하려면 이틀 정도 걸릴 겁니다."

"잘 생각했소. 번거로운 일까지 해준다니 그 정도 시간이야 줘야겠지."

"두 번 다시 여지민을 괴롭히지 않겠다는 약속도 필요합니다."

"물론 돈만 받을 수 있다면 그럴 거요. 하하하핫!"

거래가 잘 이루어졌다고 생각하는지 연신 웃는 그를 뒤로 하고 카페에서 나왔다.

*　　　　　*　　　　　*

후문으로 빠져나간 석두가 돌아온 것은 하루가 지난 뒤였다.

"지민이도 데려와라."

"그 애가 들을 필요가 있겠습니까?"

"전부는 몰라도 현실은 알아야지. 그리고 그게 그 애에게 도움이 될 거야."

"뭔가 흑심이… 커억!"

"헛소리 말고 얼른 데려와."

매니저를 맡겨놨더니 새서방처럼 구는 석두였다.

"부르셨어요?"

납치를 당할 뻔했음에도 겉으로 보기에 여지민은 아무렇지도 않아 보였다.

하지만 강하게 보이는 겉모습 안에는 유리만큼 깨지기 쉬운 어린애의 마음을 지니고 있음을 알 수 있었다.

"앉으렴. 너에게 할 말이 있다."

소파에 어색하면서도 딱딱한 자세로 앉은 여지민은 긴장을 했는지 마른 침을 삼켰다.

"어제 일로 많이 놀랐겠지만 네가 알고 있어야 할 것 같기에 불렀다."

"…네, 말씀하세요."

"널 납치하려던 사람들은 네 아버지 노름빚을 받으러 온 사람들이었다. 당연히 법에 호소를 할 수 있는 문제이지만 그렇게 된다면 너의 데뷔는 불가능해질 테고 최악의 경우엔……. 어쨌든 현재 상황은 이렇다."

"……!"

난 잠시 여지민이 생각을 정리할 시간을 줬다. 받아들이기조차 힘들다는 걸 알지만 회피를 한다고 해결될 일이 아니었다.

한참을 어찌할 바를 몰라 전전긍긍하던 그녀는 입술을 질끈 물곤 입을 열었다.

"사장님이 말하는 건 뭐든지 할게요. 그러니 절 내쫓지만 말아 주세요! 제가 죽을힘을 다해 돈을 벌어 갚을게요. 그러니……."

"오케이. 거기까지만 해도 충분해. 일단 지금 먹은 마음만 꼭 기억해 둬."

내가 그녀에게 원하는 답은 따로 있었다.

"니 아버지가 그들에게 빚진 돈은 1억 7천이야. 물론 내가 갚아줄 생각이야. 넌 나에게 천천히 갚으면 되고. 하지만 지금 하는 짓이 아무 의미 없는 짓이 될 것이 분명해. 그래서 고민 중이야."

"그렇지 않아요! 제가 갚을 수 있어요."

"난 네가 갚을 수 있다고 생각해."

"……?"

"하지만 네 아버지는 다시 빚을 질 거야. 그럼 같은 일이 반복되겠지. 결국 난 널 포기할 수밖에 없게 될 테고. 넌 평생 그들의 손아귀에 잡혀 돈 버는 기계가 되어야 할 거야."

"저, 전 사장님께서 무, 무슨 말씀을 하시는지 잘 모르겠어요. 저라고 좋아서 아빠의 딸이 된 건 아니에요. 어쩔 수가 없잖아요! 제가 선택할 수 있는 건 아무것도 없어요."

여지민은 억울하다는 표정으로 외쳤다.

"그래서 기회를 줄 생각이다. 결정은 물론 네가 할 일이고."

"기회를 주세요! 아까도 말했지만 사장님 말씀이라면 뭐든지 따를게요."

"듣고 결정해도 늦지 않아."

난 잠시 지금하려는 일이 옳은 것인지를 고민했다.

'훗! 솔직해지자, 철아. 넌 여지민의 마음을 다 이해하는 척하

면서 미래의 스타가 될 그녀에게 빨대를 꽂으려는 것뿐이잖아.'

고민에 대한 답이 냉소적으로 돌아왔지만 틀린 말은 아니었다. 그래서 내가 생각하는 바를 그녀에게 전했다.

말을 할수록 그녀의 표정은 경악으로 물들었다. 충분히 놀랄 만한 내용이었고 결정을 내리기 쉽지 않은 일이었다.

"…언제까지 결정을 해야 하죠?"

"지금."

"자, 잠깐만 생각해 봐도 될까요?"

"한 시간. 그 이상은 안 돼."

여지민은 힘없이 고개를 끄덕이며 밖으로 나갔다. 그러자 지금까지 얌전히 앉아 있던 석두가 불만이 가득한 표정으로 말했다.

"고작 열일곱인 꼬맹이한테 그런 결정을 내리게 할 생각이십니까? 그냥 저희가 알아서 해버려도 되지 않습니까?"

"삼 년 후면 성인이야. 그리고 그런 결정을 왜 우리가 해? 우린 고작 연예기획사 사장과 매니저일 뿐이야."

"쳇! 기획사 직원이 그런 일을 하는 건 괜찮고요? 더 이상 깡패가 아니라면서요?"

"깡패는 아니지만 소속 연예인을 위해 그 정도는 해줄 수 있지 않겠어?"

"하여간 형님의 궤변은 알아줘야 합니다. 한데 돈은 있으십니까? 없으면 제가 드리겠습니다."

깡패로 있을 때 많은 돈을 벌었다. 조직원들에게 나눠주고, 술집 여자들에게 뿌리고도 남을 만큼. 또한 손을 씻고 나올 때 내 몫만큼 챙기고 나왔다.

현금은 회사에 다 쏟아 부어 없지만 돈을 마련할 방법은 여전히 있었다.

"쓸데없는 소리 말고 지시한 건?"

"알아봤습니다. 서울 일대 주택가 도박장에서 꽁지꾼을 하는 자들입니다."

"소속은?"

서울엔 검찰과 경찰에서 주시하고 있는 서른 개의 조직 외에도 백여 개의 크고 작은 조직이 존재하고 있었는데 각 조직마다 많게는 수십 명에서 적게는 네다섯 명 정도 되는 조직원으로 이루어져 있었다.

내가 말한 소속은 서른 개 조직 안에 들어가는지 여부를 물은 것이다.

"없습니다. 몇 년 전에 새로 생긴 신생 조직 같은데 요즘 왕십리파와 갈등이 있답니다."

"잘 이용하면 귀찮은 일은 덜겠네. 여홍구는?"

"오늘 새벽에 도박장에서 나오는 걸 확인했습니다."

"역시나 손을 뗄 생각이 없었군."

"형님의 돈이 마를 때까지 하겠죠. 그리고 마르면 이 회사까지 집어삼키려 할 겁니다. 그들이 하는 짓이야 다 빤하지 않습니까. 그래서… 그들도 손을 댈 생각이십니까?"

"내 성격 알잖아?"

"자~알 알죠. 손대지 않는다면 모를까 일단 손을 대면 확실히 마무리를 하는 거. 근데 이번 일 역시 소속사 연예인을 위해서 하는 일입니까?"

"글쎄? 그냥 변덕이라고 생각해."

약속을 지킬 생각이 없는 자들에게 당하면서 살 생각은 추호도 없었다. 난 더 이상 불구가 아니었고 충분히 강했다.

*　　　　*　　　　*

휘익! 휘이이익! 휘익! 휘익!

침대에 누워 있던 시간이 길어서인지 난 휘파람을 잘 불렀다. 여행을 가서 적당한 곳에 휠체어를 세워놓고 휘파람을 불면 그 순간만큼은 모든 근심이 없어졌었다.

아파트 놀이터에 앉아 어두워져가는 세상을 보며 휘파람을 불다 보니 문득 첫 번째 인생이 생각났고, 정신없이 전국을 돌며 여행 다녔던 이유가 떠올랐다.

'그러고 보니 첫 번째 인생 때 여행을 다닌 이유는 과거를 바꿀 때 필요해서였어.'

그저 방구석에만 앉아 공부만 하던 인생에 반해서 한 행동이라 생각했는데 이제와 생각해 보니 인생을 바꾸려할 때 정확한 장소로 가기 위함이라는 생각이 들었다. 억측일 수도 있지만 왠지 그것이 진실임을 그냥 알 수 있었다.

'내가 염을 이용해 인생을 바꿀 수 있다는 걸 무의식중에 알고 있었다는 말인가?'

난 휘파람을 멈추지 않고 생각에 빠졌고 문득 무의식의 세계에서 막연한 뭔가가 떠올랐다.

하지만 그것이 무엇인지 알기 전에 내 상념을 깨뜨리는 목소리가 있었다.

"밤에 휘파람 불면 뱀 나온다."

의자에 앉아 담배를 피우는 사내였다. 놀이터를 비추는 전등 밑에 있었고 그늘진 곳이라 얼굴이 전혀 보이지 않았지만 꽤 익숙한 덩치였다.

"늦으셨네요?"

"나도 방금 전에야 어디 있는지 알아냈으니까. 근데 너, 은퇴한다고 하지 않았었냐?"

"은퇴했습니다."

"근데 왜 다른 조직을 박살 내려는 건데?"

"저한테 사기를 치려고 했거든요."

"쯧! 재수 오지게도 없는 놈들이군. 하필이면 너 같은 재수 없는 놈한테 걸리다니."

욕인지 저주인지 모를 말을 내뱉는 덩치 좋은 노인네는 천안에서 우연히 알게 된 정보상이었다.

이상한 놈들에게 쫓기는 걸 구해 줬고 그 후론 내가 필요로하는 정보를 제공하고 있었다.

"이번이 여덟 번째인지 알고 있지?"

"일곱 번째죠."

"하아? 넌 지치지도 않냐? 지난번이 일곱 번째! 이번이 여덟번째!"

그는 자신의 목숨을 구해준 대가로 네가 원하는 정보를 열번 구해 주기로 했었고, 그 약속을 지금까지 지켜왔다.

"우기지 좀 마세요. 이름 물은 걸로 한 번을 제하면 어쩌자는 겁니까? 그리고 설령 그렇다고 쳐도 난 결단코 아저씨의 이름을 들은 적이 없습니다."

"난 분명 말했거든!"

"하늘에 맹세코 전 아직까지 아저씨를 생각할 때 '그'라고 생각합니다."

"다시 한 번 말해 주랴?"

"됐습니다. 아저씨의 이름을 알려고 소중한 기회를 잃기는 싫습니다."

"빌어먹을 놈! 너랑 얘기하느니 집에서 키우는 개랑 얘기하는 게 낫겠다."

"사업 확장 축하드립니다."

"그건 무슨 개소리야?"

"인간에 이어 개들에게도 정보를 팔 수 있게 되었잖습니까? 개뼈다귀 많이 벌겠네요."

"망할 놈! 내가 너랑 무슨 얘기를 하겠냐! 여기서 10분쯤 가면 있는 해성빌라 301동 407호가 놈들의 아지트다."

"CCTV는요?"

"8시 30분부터 1시간 동안 작동하지 않을 거다. 자! 이건 보안 카드다."

출입용 보안 카드까지 나에게 건넨 그는 담배를 비벼 끄며 자리에서 일어났다.

"앞으로 두 번 남았다."

"세 번 남았죠. '그' 아저씨. 고마워요."

그는 가운뎃손가락을 곧추세운 후 어둠 속으로 사라져 버렸다.

"성깔하곤……."

사라진 그를 향해 가볍게 투덜대고 해성빌라로 걸음을 옮기며 석두에게 전화를 걸었다. 그리고 '그'에게서 들은 내용을 말해줬다.

"왕십리파에 흘려."

―알겠습니다. 한데 언제 들어가실 겁니까?

"지금!"

전화를 끊고 앞을 보자 해성빌라가 보였다.

모자를 푹 눌러쓰고 301동까지 오는 동안 나를 제지하는 이들은 아무도 없었다.

얼굴을 가리기 위한 마스크와 선글라스를 쓰고 빌라 안으로 들어갔다.

"좋은 곳에 사네."

보안 카드가 없으면 입구부터 출입이 불가능했고 엘리베이터도 아예 작동을 하지 않는 곳이었다.

직업적인 측면에서 보자면 깡패는 대한민국에서 열 손가락 안에 드는 고수익 직업이 분명했다.

"어? 넌 뭐야!"

엘리베이터 문이 열리자 복도에서 웃통을 벗고 운동을 하고 있던 사내가 날 보고 수상한다는 듯 눈을 좁히며 물었다.

"고수익 고위험이니까."

빠아악!

놈이 다시 입을 열기 전에 손바닥이 아래에서 대각선으로 올라가 놈의 턱과 뺨을 후려쳤다.

묵직한 싸대기 소리가 복도를 울렸고 웃통을 벗고 있던 사내는 한쪽 구석에 박히며 쓰러졌다.

"고맙기도 해라."

담배 냄새를 빼기 위함인지 운동을 하던 사내가 열어둔 것인지 모르지만 문이 활짝 열려 있었다.

현관을 지나 제법 긴 복도를 따라 들어가자 거실이 나왔고 속옷만 입고 있는 두 명의 사내가 TV를 보고 있었다.

"어……? 적이다!"

날 본 두 사내의 반응은 빨랐다. 한 명은 고함을 쳤고 다른 한 명은 소파 앞 테이블에 널브러져 있는 무기를 잡으려 했다.

두 사내와의 거리를 좁혔다.

가전 무술에 발목과 무릎을 노리는 발차기가 있긴 했지만 힘 조절하기 어려운 다리를 사용하는 일은 별로 없었다. 물론 그렇다고 해서 아예 사용하지 않는 것은 아니었다. 좋은 기회가 있다면 언제든 사용을 했는데 지금이 딱 좋은 기회였다.

칼을 줍기 위해 고개를 숙이고 있는 사내에게 발을 날렸고 '퍽!' 소리와 함께 사내는 소파와 함께 뒤로 넘어갔다.

쉬익!

바람을 가르는 소리에 고개를 숙이자 문신이 가득한 팔이 머리를 스쳐 지나갔고 뒤이어 또 다른 팔이 아래에서 빠르게 턱을 향해 날아왔다.

"복싱 선수 출신인가?"

난 레프트 훅을 뒤로 살짝 물러나 피하며 물었다.

"지금은 다 지난 일이야. 하지만 실력은 당시보다 더 날카로워졌다고 장담하지."

간단한 말을 주고받곤 바로 다시 붙었다. 사내는 잽으로 간을 봤고 나 역시 묵직한 한 방보다는 가볍게 손바닥을 휘둘렀다.

"선글라스는 벗는 게… 아악!"

그리고 복싱 선수였던 사내가 내디딘 맨발을 사정없이 밟았다.

"씨발! 비겁……."

짝! 짝! 짝!

악귀같이 인상을 쓰며 말하려는 순간 권투의 잽과 같이 빠르게 싸대기를 세 번 때렸다. 가볍게 보일지 몰라도 한 방 한 방이 이 전체가 흔들릴 정도로 강력할 것이다.

아니나 다를까 사내는 '꾸룩'하는 소리와 함께 몇 개의 이와 피를 줄줄 흘리며 눈이 휙 하고 돌아갔다.

"쯧! 목숨을 건 싸움에서 비겁한 게 어디 있냐?"

난 바닥에 쓰러진 사내에게 한마디를 하고 그가 외치는 소리에 무기를 들고 나온 사내들을 향해 몸을 날렸다.

위협을 하기 위해 내지르는 고함 소리와 경쾌한 싸대기 소리가 몇 번 교차한 후 빌라 안에는 TV만이 혼자 떠들었다.

"젠장! 전부가 아니잖아!"

복층 구조로 된 빌라의 모든 방을 뒤져봤지만 어제 얘기를 했었던 두목과 뒤쪽에 서 있던 덩치들 중 두 명이 보이지 않았다.

"깨우기 쉽지 않을 텐데……."

기절해 있는 사내들을 보며 그나마 약하게 맞은 사람이 누구인지 생각해보았다. 그리고 부엌으로가 냉장고 안에 물을 꺼내 복싱 선수였던 사내의 얼굴에 차가운 물을 뿌렸다.

"…푸! 무, 무슨 짓이냐?"

"긴말하지 않겠다. 살고 싶은가? 죽고 싶은가?"

"……."

"죽고 싶은 가보군. 그럼."

난 머뭇거리는 그를 보고 망설이지 않고 손을 들었다. 시간이 조금 걸리겠지만 이 자리에 없는 세 사람은 곧 찾을 수 있을 거라는 생각에서였다.

"자, 잠깐, 사, 살고 싶습니다! 지, 집에 아, 아이들도 있습니다."

"좋아. 그럼 묻지. 너희 두목은 지금 어디에 있지?"

"비밀 창고에 갔을 겁니다."

"비밀 창고?"

"제2의 아지트라고 생각하시면 됩니다."

"어디지?"

"대방역에서 보라매역 쪽으로 가다 보면 오른쪽으로 공군회관이 있는데 그 뒤편에 있는 다세대주택입니다."

"한 가지만 더 묻을게. 창고라고 했는데 뭐가 보관되어 있는 거지?"

"그건……."

묻기가 무섭게 답을 하던 사내는 갑자기 내 눈을 피하며 우물쭈물 거렸다. 그리곤 조심스럽게 입을 열었다.

"…일본으로 보낼 여자들을 보관해 두는 곳입니다. 빚이 있는 이들 중 돈을 갚지 못하고 미모가 적당하면 일본으로 팔아넘기는데……."

"그만! 그 정도면 충분해."

지금 내가 하고 있는 일은 석두에겐 변덕이라고 했지만 솔직히 말하자면 여지민의 기억 때문이라고 해도 과언이 아니었다.

한데 일본이라는 말을 들어서인지 아님 인신매매를 한다는 말 때문인지 알 수 없는 분노의 감정이 불쑥 고개를 치켜들었다.

아주 근원적이고 순수하며 강렬한 분노.

"사, 살려주시는 겁니까?"

"…물론. 다만 좀 쉬고 있어."

"제발 살살……!"

퍽!

분노 때문이었을까 힘 조절이 쉽지 않았다. 물론 그렇다고 약속을 어기진 않았다.

왕십리파에서 어떻게 하든 그건 그가 지금까지 살아오면서 한 행동에 대한 반작용이지 내 약속과는 전혀 상관없었다.

사내를 기절시키고 빌라를 나왔다. 그리고 마스크를 벗고 택시를 잡으려 할 때였다.

"형님!"

석두가 차를 탄 채 손을 흔들고 있었다.

"니가 여긴 웬일이냐?"

"형님 모시러 왔죠. 일은 잘 끝났습니까?"

"아직. 마침 잘 왔다. 대방역 근처에 있는 공군회관으로 가자."

"예, 썰!"

석두는 빠른 속도로 차를 몰았고 곧 목적지에서 근처에 도착할 수 있었다.

"저기 저 건물입니까?"

석두는 지은 지 얼마 되지 않은 다세대주택을 보며 말했고 난 고개를 끄덕였다.

"왠지 더러운 냄새가 나는데요. 짙게 선팅된 승합차와 도둑을 막기 위한 방범 장치라고 하기엔 과하네요."

"빚 때문에 일본으로 팔려가는 이들이 있는 곳이야."

"어쩐지. 침입은… 창문으로 하겠군요. 전 망이나 보겠습니다."

건물의 외벽을 기어오르던 기억들이 떠올랐고 석두가 날 따라오다 떨어져 다쳤던 것도 떠올랐다.

난 석두를 놔두고 건물 옆으로 이동해 약간의 홈이 있는 벽을 타고 불이 꺼져 있는 창으로 올라갔다.

탄탄하게 보이는 방범창이 있었지만 난 우리나라 건설 업체들 중 일부가 얼마나 무성의하게 공사를 하는지 잘 알고 있었다.

콰직!

방범창은 약간의 콘크리트 가루들을 토해내며 벽에서 뽑혔다. 난 재빨리 그것을 던져 버리고 창문의 일부를 깨고 고리를 푼 후 안으로 들어갔다.

"……."

빈 방인 줄 알았는데 주인들이 있었다.

곧 일본으로 가게 될 여자들. 놈들이 어떻게 다루었는지 놀라기만 할 뿐 소리치는 사람은 아무도 없었다. 난 그녀들을 본 순간 아까 느꼈던 의문에 대한 해답을 얻을 수 있었다.

그들의 처지에 대한 측은지심은 있었지만 분노는 일어나지 않았다.

"실례합니다. 소란스럽게 굴지 않고 조금만 기다리면 여러분들은 자유를 되찾을 겁니다."

아무런 대답은 없었지만 그녀들의 표정에서 희망이 빛나는 걸 확인할 수 있었다. 그리고 그 순간 에너지가 차오르기 시작했다.

'착한 일에 대한 보답인가? 이들을 구해야 할 명분이 하나 더 생긴 셈이군.'

차오르는 에너지를 느끼며 그녀들에게 더 희망을 가져라 말하지 않았다.

이제 행동으로 보여줄 차례였다.

그때 문이 벌컥 열렸다.

"어떤 년이 탈출을 하려고⋯⋯!"

창문 깨지는 소리에 올라온 모양이었다.

익숙한 얼굴, 회사에 찾아왔던 인물 중 한 명이었다.

난 문이 열리는 소리와 함께 그를 향해 달려들었고 그가 나를 확인하고 놀라는 표정을 짓는 순간 이미 그를 향해 공격을 하고 있었다.

주먹을 꽉 쥔 채로.

『인생을 바꿔라』 2권에 계속⋯

검자 新무협 판타지 소설
FANTASTIC ORIENTAL HEROES

목탁

해적으로 바다를 누비던 청년,
절해고도에 표류해… 절대고수를 만나다!

"목탁은 중생을 구제하는
좋은 이름일세."

더 이상 조무래기 해적은 없다!
거칠지만 다정하고, 가슴속 뜨거운 것을 품은

목탁의 호호탕탕 강호행에
무림이 요동친다!

사략함대 장편소설

FUSION FANTASTIC STORY

법보다 주먹!

2016년 대한민국을 뒤흔들 거대한 폭풍이 온다!

『법보다 주먹!』

깡으로, 악으로 밤의 세계를 살아가던 박동철.
그는 어느 날 싱크홀에 빠진다.

정신을 차린 박동철의 시야에 들어온 건 고등학교 교실.
그리고 그에게 걸려온 의문의 ARS는 그를 새로운 인생으로 이끄는데…….

빈익빈 부익부가 팽배한 세상, 썩어버린 세상을 타파하라!

법이 안 된다면 주먹으로!
대한민국을 뒤바꿀 검사 박동철의 전설이 시작된다!

Book Publishing CHUNGEORAM

유행이 아닌 자유추구 -
WWW.chungeoram.com

연기의 신

FUSION FANTASTIC STORY

서산화 장편소설

GOD OF ACTING

PRODUCTION

DIRECTOR

CAMERA

DATE   SCENE   TAKE

무대, 영화, 방송…
모든 '연기'의 중심에 서다!

『연기의 신』

목소리를 잃고 마임 배우로 활동하던 이도원은
계획된 살인 사건에 휘말려 비참한 죽음을 맞이한다.
그런 그에게 주어진 특별한 기회, 타임 슬립.

"저는 당신의 가면 속 심연을 끌어내는 배우입니다."

이제 그의 연기가 관객을 지배한다!
20년 전으로 되돌아가 완전한 배우로서의
삶을 꿈꾸는 이도원의 일대기!

Book Publishing CHUNGEORAM

유행이 아닌 자유추구 -
WWW.chungeoram.com